ALFRED HACKENSBERGER

LETZTE TAGE IN BEIRUT

THRILLER

EDITION NAUTILUS

Edition Nautilus Verlag Lutz Schulenburg
Schützenstraße 49 a · D-22761 Hamburg
www.edition-nautilus.de

Originalveröffentlichung · Erstausgabe Februar 2014
Umschlaggestaltung: Maja Bechert, Hamburg
www.majabechert.de
Druck und Bindung:
Beltz Bad Langensalza
1. Auflage
Print ISBN 978-3-89401-790-3
E-Book EPUB ISBN 978-3-86438-154-6
E-Book PDF ISBN 978-3-86438-155-3

Wer am Valentinstag jemanden mit 2500 Kilogramm Sprengstoff in die Luft jagt, soll man den einen Spaßvogel oder einen Zyniker nennen?

Vorspiel
Oktober 2004
Yakamoto-Einkaufszentrum
Sagamihara, Japan

Ideal, sagt Jun, als er den Mitsubishi Canter Van, Baujahr 2002, auf dem Parkplatz des Einkaufszentrums Yakamoto sichtet. Unauffällig, ohne Extras, lautet die Bestellung seines Chefs. Es dauert keine fünf Minuten, bis der Kleintransporter geöffnet und kurzgeschlossen ist. Zufrieden fährt Jun auf die Schnellstraße in die Nacht hinaus.

Drei Tage später ist der Kleintransporter mit neuen Papieren auf dem Containerschiff Cassandra Express Richtung Vereinigte Emirate unterwegs. Von dort geht es weiter in den Libanon. Einen Monat lang steht der Mitsubishi Canter Van im Autohaus Karami in Tripoli. Am Donnerstag, dem 30. Dezember, betritt ein schlanker junger Mann das Geschäft, der dem Verkäufer wegen seiner blauen stechenden Augen in Erinnerungen bleibt. Ohne zu handeln kauft der Kunde den Mitsubishi für 8500 Dollar und bezahlt in bar.

Ausdehnung heißer Gase

Startgeschwindigkeit: 8750 Meter pro Sekunde.
Resultat: 2,6 auf der Richterskala.
Begleiterscheinungen: fliegende Asphaltbrocken, Metallteile und Glassplitter, geplatzte Trommelfelle, zerrissene Lungen, verbrannte Körper, Schädeltraumata, Schockzustände, abgerissene Arme und Beine.
Was bleibt: Schutt und Matsch aus Dreck, Blut, Wasser.
Dazwischen: ein Moment, in dem sich das Stöhnen der Verletzten, die Hilfeschreie der Überlebenden, die sich blutüberströmt auf den Beinen halten, mit den ersten Rufen der Heraneilenden mischen. Das Zischen des Wassers aus geborstenen Leitungen und die verzweifelten Laute des Entsetzens.
Grundsätzliches: Der Hauptzweck einer Bombe ist, möglichst schnell großen Schaden zuzufügen. Wie man das erreicht, mag von Bombentyp zu Bombentyp verschieden sein, aber prinzipiell ist der Funktionsmechanismus gleich. Die Energie wird von der Bombe auf das Zielobjekt übertragen. Diese Energie ist in chemischen Sprengstoffen, einem relativ kleinen Medium, gespeichert und wird bei der Explosion freigesetzt. Spürbar wird sie erst bei einer schlagartigen Ausdehnung von heißen Gasen, die eine Druckwelle erzeugen und Teile mit hoher Geschwindigkeit herumschleudern. Chemische Reaktionen zeichnen sich durch extreme Geschwindigkeit aus, ohne die es keine wahrnehmbaren Ergebnisse geben würde. Chemische Reaktionen müssen unmittelbar im Anschluss an den enormen Energieausstoß fähig sein, diese Energie in kinetische umzuwandeln. Ohne die Produktion sich ausdehnender Gase verbleibt die Energie einfach als Hitze in den Stoffen.

Aus den Notizen Klaus Steinbachers

Schuld hatte die durchsichtige Designer-Taft-Bluse meiner Textchefin vor über zwanzig Jahren. Besser gesagt, was unter dem transparenten Stoff gut sichtbar lag, bei jeder Bewegung am rauen Taft rieb und den Beruf des Journalisten unwiderstehlich zu machen schien.

So absurd es auch sein mag, im Nachhinein glaubt man immer, einen Anfang gefunden zu haben. Als gäbe es eine Logik, die hinter allem liege. Und mit den immer gleichen Fragen glaubt man, diese Logik zu entschlüsseln, zu durchbrechen und damit irgendwie reversibel zu machen.

Was hätte man anderes tun können? Wie und wann anders entscheiden, in eine andere Richtung gehen sollen? Warum, um Himmels willen, hat man nur das getan, was man getan hat, und nichts anderes?

Es ist ein melancholisches Nachdenken, bei dem man an sich selbst zweifelt und Schuldgefühle hat. Gerade wenn, wie in meinem Fall, das Schreckliche Gestalt angenommen hat und alles zu spät kommt. Wenn das, was einem so wichtig war, von einem Moment auf den anderen nicht mehr da ist. All das, was zum ersten und einzigen Mal im Leben Glück und Zufriedenheit gebracht hat. Es läutet das Telefon, und nach wenigen Worten ist es plötzlich vorbei. Ein Nichts tut sich auf, das man nie für möglich gehalten hat. Schon gar nicht den Schmerz, der einen innen, von der Mitte heraus, wie ein Schwelbrand erfasst.

14. Februar 2005
07.00 Uhr
Flughafen Charles de Gaulle
Paris

Zwei Stunden vor Abflug des Middle East Airline Flugs ME 206 nach Beirut stellt sich François Pelligrande in die Warteschlange am Check-in-Schalter im Terminal 2. Am Tag zuvor war er mit British Airways 0316 aus London mit zwanzigminütiger Verspätung um 17.50 in Paris gelandet. Auf der Passagierliste stand ein britischer Staatsbürger mit dem Namen David Gary Rindford. Er übernachtete im Sheraton Airport Hotel, in dem ein Einzelzimmer in der Clubetage im vierten Stockwerk auf seinen richtigen Namen, Ismail Zugari Gonzalez, gebucht war. In diesem Hotel steigt er ab, wenn er von Paris aus, gerade frühmorgens, weiterreist. Es befindet sich direkt im Flughafenterminal 2, und er kann zu Fuß zum Check-in-Schalter gehen. Zwei Stockwerke tiefer eine Bahnstation, von der man in 35 Minuten zum Gare du Nord fährt. Mit dem TGV ist jede größere französische Stadt innerhalb weniger Stunden erreichbar. Nach Brüssel fährt man eineinhalb, nach Amsterdam knapp vier Stunden.
Nach der Dusche hatte er im Bett Nachrichten auf BBC und Al Jazeera gesehen. Nebenbei mit seiner Frau SMS hin- und hergeschickt, schließlich ist Valentinstag.

+34612498099 14. Februar 2005 06:01 Uhr
Großer Kuss, Liebling, zum Valentin! Du schläfst bestimmt noch. Kinder auch. Frühstück im Bett. Muss gleich los. Wetter kalt, Regen. Grauenvoll. Melde mich aus Beirut.
Bis dann I.

+34662423568 14. Februar 2005 06:02 Uhr
Danke. Kuss zurück. Ich u. Kinder im Bett. Noch dunkel. Wetter warm. Gute Reise! Schlafe wieder. Liebe dich! Pass auf dich auf! Alicia

Das Frühstück war pünktlich aufs Zimmer gekommen. Doppelter Espresso, ein Kännchen mit kalter Milch, warmes französisches Weißbrot, italienische Salami, frische Ananas aus Honduras, weich gekochtes Öko-Ei und frisch gepresster Orangensaft. Draußen war es noch dunkel und das Wetter so, wie es der Wetterbericht vorhergesagt hatte. Heftige Regenschauer mit Graupel, starke Windböen, die Temperatur bei 1 Grad unter null. Ismail kann Kälte nicht ausstehen. Er lebt deshalb auf den Kanarischen Inseln. Das ganze Jahr Shorts und T-Shirt.
Der Weg vom Hotel Sheraton zu Gate F war wie immer um diese frühe Uhrzeit trostlos. Die Rollos der Geschäfte, Bars und Restaurants geschlossen, nur in den Zeitungsständen brannte Licht. Auf den Laufbändern Reisende wie Statuen. Am Rand Putzfrauen, die Böden reinigten, Mülltüten entsorgten und durch neue ersetzten. Wortlose, abwesende Geister, die wie mit magischen Gerätschaften hantierten. In Beirut soll das Wetter angenehm sein, hatte er sich sagen lassen. Nachdem im Januar in den Bergen viel Schnee gefallen und eine Eiseskälte bis an die Küste nach Beirut hinabgestiegen war. Aber jetzt Sonne und blauer Himmel, 20 Grad.
Er muss dabei gelächelt haben, denn die Frau vor ihm in der Schlange lächelt zurück, mit ihren viel zu großen, braun umrandeten Lippen. Sie wirft ein Ende ihres dunkelgrünen Schals um die Schulter, als warte sie darauf, dass er sie anspricht.
Fünfzehn Minuten später legt Ismail seinen Pass auf den Schalter. Er hat ein offenes Ticket und die Ausreise soll

über Damaskus erfolgen. Mit dem Kleinbus von der Busstation Charles Helou wie ein Tourist, der einen Ausflug in die syrische Hauptstadt macht, um die Umayaden-Moschee und den Altstadt-Souk zu sehen.
– Sie haben nur Handgepäck. Warum haben Sie nicht online eingecheckt, dann hätten Sie sich die Warterei sparen können?
– Ich weiß es nicht. Ich glaube, in manchen Dingen bin ich ein altmodischer Mensch.
Die uniformierte Frau lacht, als habe er einen tiefgründigen Witz gemacht. Sie klebt ein gelbes Hand-Luggage-Schild um den Haltegriff seines Plastikkoffers.
– Wo wollen Sie sitzen? Fenster, Gang, Mittelplatz?
– Bitte am Fenster. Ich sehe gerne, wohin ich fliege.
Die Boeing 777 ist nur etwas über die Hälfte besetzt. Ismail ist erleichtert, es wird ein angenehmer Flug. Er sitzt alleine in Reihe 16 am Fenster. Beim Start lehnt er sich zurück, schließt die Augen, genießt den Schub, der die Maschine in die Luft bringt. Von Paris ist bei dem Regenwetter nicht viel zu sehen. Sehr schnell geht es in die Wolken. Ein grauer Schleier vor dem Fenster.

14. Februar 2005
07.20 Uhr
Gathani-Gebäude, 5. Stock, Appartement A
Beirut

Klaus Steinbacher, Korrespondent des *Globos*, kann nicht mehr schlafen. Mit einer Tasse Kaffee sitzt er am Schreibtisch und schaltet den Laptop ein. Auf der Startseite neben den Agenturmeldungen das Wetter von Tanger: bewölkt, 15 Grad, Regen.
Wenigstens wegen des Wetters hat es sich gelohnt, sagt

er sich mit dem Blick aus dem Fenster: strahlend blauer Himmel und Sonne in Beirut. Ansonsten können sich Steinbacher und seine Frau nur schwer an das Leben in der libanesischen Hauptstadt gewöhnen. Nach eineinhalb Jahren ist der Reiz des Neuen vorbei. Am liebsten würden sie wieder zurückgehen in ihre marokkanische Idylle. Aber ein Posten als Korrespondent wird einem nicht alle Tage angeboten. Schon gar nicht mit 45 Jahren. Seine Frau hat ebenfalls einen Job gefunden als Bibliothekarin. Finanziell sind sie abgesichert. Zum ersten Mal seit vielen Jahren. Trotzdem bleibt das Heimweh nach Tanger, der Stadt, in der sie sich kennengelernt haben. Der weißen Stadt an der Meerenge von Gibraltar.
Bevor ich trübselig werde, sagt sich Steinbacher, gehe ich lieber an die Arbeit. Er liest Nachrichten im Internet und überlegt Themen, die er der Redaktion anbieten könnte. Im Irak wurden gestern die Ergebnisse der Wahlen bekanntgegeben. Die schiitischen Kandidaten, abgesegnet von Großayatollah al-Sistani, bekamen insgesamt 48 Prozent der Stimmen, gefolgt von einer Kurdischen Allianz mit 26 Prozent. Israel will morgen die Leichen von 15 palästinensischen Kämpfern als Zeichen des guten Willens in den Gaza-Streifen zurückschicken. Nichts Weltbewegendes in seiner Region. Steinbacher bleibt stattdessen in Deutschland beim 60-jährigen Jubiläum der Bombardierung Dresdens im Zweiten Weltkrieg hängen. 3000 Neonazis waren gestern durch die ostdeutsche Stadt marschiert. Eine der größten Demonstrationen der extremen Rechten seit Ende des Kriegs, liest der Journalist. Bei der offiziellen Zeremonie wurden Kränze an der Gedenkstätte für die 20000 Opfer niedergelegt. Die Neonazis verteilten Luftballons mit der Aufschrift: Bombenterror der Alliierten – damals wie heute. Hiroshima, Nagasaki, Dresden und heute Bagdad.

Die Polizei verhinderte mit Wasserwerfern einen Zusammenstoß von Rechtsextremen mit antifaschistischen Gegendemonstranten.
Durch die offene Balkontür von Steinbachs Arbeitszimmer dröhnt das laute Gehupe der Taxis bis zu ihm in den fünften Stock. Er stöhnt genervt und schließt die gläserne Schiebetür.

Aus den Notizen Klaus Steinbachers

Nun sitze ich hier, 4000 Kilometer weiter. Vor dem Fenster das Neongrün der Moschee und das rote Plastikkreuz einer Kirche. Am Himmel Flugzeuge im Landeanflug. Zwei Minuten von hier sind die teuren Strandbäder, neben denen die Abwasserrohre ins Meer gehen. Mädchen trainieren im Fitnessstudio für das ewig junge Leben, mit operierten Nasen, Silikonbrüsten und falschem Pferdeschwanz. Die Araber wollen hier keine Araber sein, nennen sich Phönizier und sind für Familie, Gott und Vaterland. Ach, Beirut mag früher eine Perle des Ostens gewesen sein, heute ist es schrecklich verbaut, verschmutzt und ekelhaft westlich verlumpt. Richtig wehmütig wird es einem da wieder einmal, ganz schwer ums Herz. So sentimental und schon wünscht man sich zurück …

14. Februar 2005
07.25 Uhr
Residenz Hariri
Beirut

Rafik Hariri ist bereits wach, als Fouad an die Tür klopft. Mit einem Knopfdruck auf die Fernbedienung öffnen

sich die Vorhänge. Blauer Himmel und Sonne, der Wetterbericht sagt 22 Grad voraus. Von unten melden sich die Vögel, die in ihren Volieren im Garten gefüttert werden. Sie pfeifen, als hätten das Leben und die ganze Welt erst heute Morgen begonnen, denkt sich Fouad. Unschuldige Geschöpfe, die von all dem, worüber wir uns den Kopf zerbrechen, nichts wissen.
Das Vogelgezwitscher wird plötzlich vom Lärm zweier Kampfflugzeuge übertönt. Israelische Jets über Beirut. Fouad reckt den Kopf aus dem Fenster und nickt zufrieden. Die Flugzeuge durchbrechen ausnahmsweise nicht mit einem dröhnenden Donner die Schallmauer.
Hariris Diener und persönlicher Sekretär geht nebenan ins Frühstückszimmer und überprüft das Arrangement: Labneh, libanesischer Joghurt mit Olivenöl, kleine Salattomaten, in Streifen geschnittene Gurken, fünf Toastbrotscheiben in ein weißes Tuch gehüllt, damit sie warm bleiben, dazu der unverzichtbare doppelte Espresso in einem Kännchen, ohne Milch, aber mit Zucker auf einer Warmhalteplatte mit Kerze. Und ein frisch gepresster Orangensaft. Wie immer alles bestens.
Nach der Dusche sitzt Hariri im Morgenmantel allein beim Frühstück. Seine beiden Söhne sind geschäftlich in Saudi-Arabien. Seine Frau in Paris. Ein paar Tage Tapetenwechsel, wie sie sagte. Er hat ihr langstielige dunkelrote Valentins-Rosen schicken lassen.
Fouad steht im begehbaren Kleiderschrank und sucht aus den 123 Anzügen, sechs Smokings und fünf Fracks etwas Passendes für diesen Tag. Er wählt einen dunkelblauen Anzug, zweireihig, weißes Hemd mit Kentkragen und Umschlagmanschette. Das wirkt für die heute anstehende Parlamentssitzung etwas formeller, obwohl der Chef die Kombination nicht so gerne hat. Dazu einen weißblauen Schlips.

Als es im siebten Stock an der Tür klingelt, sind es die Zeitungen von heute. Fouad bringt sie ins Frühstückszimmer.

Hariri liest die Titelseiten und beginnt zu lachen.

Olivenölskandal – Hariri hat Wähler mit Öl bestochen – Mitarbeiter seiner Firma verhaftet.

– Fouad, man will mich kompromittieren. Man hat es auf mich abgesehen. Diese Ölgeschichte ist nur eine kleine Kampagne, eigentlich eine Bagatelle. Aber es wird mehr kommen, da bin ich mir sicher.

Hariri will einen Schluck Kaffee nehmen. Die Tasse ist leer. Fouad schenkt nach und füllt auch das Glas mit Orangensaft.

Hariri ist seltsam besorgt. Das kennt Fouad von seinem Chef nicht. Der mehrfache Milliardär ist der mächtigste Mann im Libanon. Ohne seine Firmen und Investitionen würde die Wirtschaft des Landes zusammenbrechen. Mit seinem Medienimperium aus Zeitungen, Radiostationen und Fernsehsendern hat er Einfluss auf die öffentliche Meinung. Der französische Präsident und der König von Saudi-Arabien gehören zu seinen besten Freunden. Und an Verleumdungen sollte Hariri gewöhnt sein. Seit Jahren wird er der Korruption in Politik und Wirtschaft bezichtigt. Der Skandal um Solidiere hängt ihm bis heute nach. Am Ende des Bürgerkriegs soll er Gebäude, die im Stadtzentrum Beiruts noch standen, bombardiert haben lassen. So konnte er sie billig aufkaufen und für den Wiederaufbau Subventionen kassieren. Seine Firma kaufte über die Jahre alle Häuser und Grundstücke – bis auf das St. Stefan Hotel und den dazugehörigen Yacht-Club. Deren Besitzer konnte weder mit Geld, Drohungen noch Gerichtsklagen dazu bewegt werden, seinen Besitz aufzugeben. An einer seiner Häuserfassaden hängt ein riesiges Transparent mit der Aufschrift: Stoppt Solidiere! Bei diesem Gedanken überkommt Hariri miese Laune. Heute übertüncht sie seine Unsicherheit.

– Dieser Bastard Al Yrouki. Der kann es nicht lassen. Um nichts in der Welt wollte er mir sein verfluchtes Anwesen verkaufen. Sogar seinen Zugang zum Meer habe ich ihm genommen. Dieser Kerl stellt sich gegen die Zukunft. Was ich aus diesem Grundstück gemacht hätte. Stadtmitte, direkt an der Corniche. Eine Attraktion für die Hauptstadt!

– Und eine Goldgrube.

– Natürlich, Fouad! Was für eine Goldgrube! Aus reiner Menschenliebe kaufe ich nichts! Aber nun so etwas. Ein Transparent gegen mich persönlich! Den kriege ich noch. Unser Solidiere beschmutzen wollen!

14. Februar 2005
07.30 Uhr
Vor der Residenz Hariris
Beirut

Vor dem Haus drehen die Bomben-Spürhunde ihre erste Runde. Drei Schäferhunde und zwei Weimaraner, in Berlin ausgebildet.

Man braucht ein gutes Verhältnis zum Tier, behauptet Mounir, der Leiter der Hundestaffel, um gute Arbeit und solide Sicherheit zu liefern. Dreimal, manchmal auch viermal am Tag wird im Umkreis von 300 Metern der Residenz jedes geparkte Fahrzeug untersucht. Jeder Hundeführer hat eine Begleitperson, ausgerüstet mit Detektoren für Metall und chemischen Sprengstoff. Dazu Decoder und Werkzeuge, um einen Wagen im Notfall öffnen zu können. In den schwarzen Ledergürteln tragen die Sicherheitsleute Schlagstock, Pfefferspray und natürlich Handschellen. Im Halfter eine Pistole, Marke Glock 22, mit 15-Schuss-Magazin. Schusstraining ist einmal die Woche. Bereit stehen auch AK 47, die bewährte Kalaschnikow, Schnellfeuergewehre M4, M16, mit und ohne Granatenwerferaufsatz, dazu Tränengas- und Blitzgranaten.

Heute zählt Mounir insgesamt 18 PKW, dazu einen Kleintransporter.

– Alles alte Bekannte. Unsere Nachbarn. Aber trotzdem, jedes einzelne Fahrzeug wird so geprüft, als hätten wir es nie gesehen. Ahmed und Adil gehen zuerst…

Der Rest des Satzes wird vom Donner eines Kampfflugzeuges unterbrochen, das die Schallmauer durchbricht. Mounir wartet, bis der Lärm abgeklungen ist, mit den Händen in den Hüften, den Blick in den blauen Himmel.

– Verdammt schönes Wetter heute. Sie können es nicht lassen, aber diese miesen Kerle bringen uns nicht durcheinander.

– Sie fotografieren uns, sagt Ahmed lachend, weil wir so hübsch sind. Er fährt sich affektiert durch seine kurzen Haare.

Alle lachen.

– Spaß vorbei, meine Freunde. Ahmed, ab mit Adil zum oberen Teil der Straße. Mohammed und Issam, ihr nach unten. Ich werde die Gehsteige und Hauseingänge mit Bellissimo absuchen. Habe ich etwas vergessen? Issam?

– Unter den Wagen sehen, ob da ein Teil dran ist, das da nicht hingehört, und die Räder abklopfen.

– Habt ihr das alle mitbekommen, ihr Schläfer?! Und nun ab!

Heute sind die Hunde unruhig, gefunden wird jedoch nichts.

– Das warme Wetter, meint Mounir auf dem Weg in die Einsatzräume. Aber vielleicht hören die sensiblen Vierbeiner auch das feine Brummen des Vierzylinder-Viertakt-Motors mit Turbolader. Eine Drohne kreist oben am Himmel als unsichtbarer Punkt und sendet ihre Kamerabilder von der Residenz, den Männern mit Hunden und Straßen der Umgebung in Sekundenbruchteilen verschlüsselt weiter.

Kurz vor halb acht fährt ein viertüriger, roter Mitsubishi Terreno II durch das Tor. Hinter dem Steuer des Geländewagens ein Mann, den jeder kennt: Ayehi Bara, der Chef des Sicherheitsteams. Mit verspiegelter Sonnenbrille und im weißgrauen Camouflageanzug, dazu schwarze Springerstiefel. Seit 27 Jahren ist er für die Sicherheit Hariris und seiner Familie verantwortlich. Bara befehligt insgesamt 112 Mann, die in drei wechselnden Schichten Tag und Nacht arbeiten. Einen besonders hohen Standard fordert der Sicherheitschef bei den Leibwächtern. Mindestens einmal im Jahr müssen sie einen mehrwöchigen Kurs in Fitness, Waffen- und Kampftraining absolvieren. Wie jeden Tag überwacht Ayehi Bara auch heute persönlich die Kontrolle der Fahrzeuge. Zuerst wird Hariris schwarzer Mercedes S 600 durchsucht und auf chemische Sprengstoffe getestet. Es ist ein Auto der höchsten Sicherheitsstufe B6/B7: mit explosionssicherem Tank, Motorfernstarter, GPS-Ortungssystem und Anti-Kidnappingverriegelung; extra Sauerstoffversorgung mit Luftfilteranlage, die vor Reiz- oder Giftgasangriffen schützt; Sicherheitsreifen, die nach Beschuss funktionstüchtig bleiben; Karosserie und Fenster halten Granaten und Gewehrfeuer vom Kaliber 7,62 x 51 mm aus nur zehn Metern stand. Danach sind die anderen vier Mercedes vom Typ S 500 an der Reihe, die nicht gepanzert sind und in denen die Leibwächter mitfahren. Zuletzt folgt der Rettungswagen, ein umgebauter schwarzer Chevrolet, der dem Konvoi in einer Entfernung von etwa dreißig

Metern folgt, um bei einem Anschlag einsatzfähig zu bleiben.
Kurz nach neun fährt Hariri mit dem Lift nach unten in seine Büroräume im fünften Stock. Wie jeden Tag erwarten ihn dort Berater, Kollegen und Freunde. Es herrscht eine ausgelassene Stimmung, trotz des Olivenölskandals.
Um 10 Uhr trifft Lissab Nahai ein, der ehemalige Wirtschaftsminister, der in Genf Urlaub gemacht hat. Seine Frau wollte ihn nicht fliegen lassen, aber er hat ohne ihr Wissen die Morgenmaschine gebucht. Hariri drückt ihm lange die Hand und umarmt ihn dann herzlich.
Keine zehn Minuten später sitzt Hariri am Steuer seines gepanzerten schwarzen Mercedes S 600.
– Fahren, eines der wenigen Dinge, die ich noch eigenhändig tun kann, sagt er stets zu allen, die nicht verstehen, dass er nicht auf dem Rücksitz sitzt und einem Fahrer den chaotischen Verkehr Beiruts überlässt. Auf dem Beifahrersitz hat Lissab Nahai Platz genommen.
Bevor Hariri losfährt, bringt Fouad eilends die Lesebrille, die der Chef auf dem Schreibtisch im Büro liegen gelassen hat.
– Um 13 Uhr sollten Sie wieder zu Hause sein, ruft Fouad durchs offene Fenster, als der Wagen anrollt.
– Sie haben Gäste zum Mittagessen.
Hariri fährt als zweiter durch das Tor. Nach wenigen Minuten erreichen sie die Hauptstraße Richtung Downtown. Dort hängt sich ein weißer Opel an den Konvoi, der im dichten Verkehr niemandem auffällt. Er lässt sich mehrfach etwas zurückfallen und wechselt die Fahrbahn.

14. Februar 2005
10.45 Uhr
Fabrikhalle an der Schnellstraße nach Bourj Hammoud
Beirut

Ein schmächtiger Mann öffnet die große Schiebetür und winkt einen weißen Kleintransporter, Marke Mitsubishi, in die Halle. Vorsichtig lenkt der Fahrer den Wagen über die Eisenschienen, die im Boden einbetoniert sind. Trotzdem sinken die Stoßdämpfer schwer ein und lassen den Mitsubishi etwas behäbig nachfedern.
Der Mann pfeift laut mit zwei Fingern, bevor er das Tor wieder schließt.
Majid verlässt das verglaste kleine Büro im ersten Stock und stapft die Treppe runter. Ein groß gewachsener Kerl im Anzug, dem sein Bauch über den Gürtel hängt. Wortlos und ohne Notiz vom Fahrer des Kleintransporters zu nehmen, öffnet er die Hecktür und kontrolliert die Plomben an den zwei Verschlüssen der Holzkiste, die fast das ganze Wageninnere ausfüllt. Auf der rechten Seite der Kiste, unter der Gummimatte, findet er den Anschlussstecker und das Kabel, das ins Innere der Kiste geht. Majid nickt zufrieden und geht zurück über die Treppe ins Büro. Majid holt das Handy aus der Innentasche seines Jacketts, tippt auf Wahlwiederholung.
– Wir sind soweit. Ich schick ihn jetzt los. Du fährst vom Parkplatz, wenn er hinter dir steht und den Blinker gesetzt hat. Sonst bewegst du deinen Arsch nicht. Hast du mich verstanden? Gut. Sonst alles normal? Hast du deinen Rundgang gemacht? Wir haben noch über eine Stunde Zeit. Ab 12 Uhr muss jeder auf seinem Posten sein. Ich werde rechtzeitig durchgeben, wann es ernst wird.
Majid wählt Schnellwahl Nummer 2.

– Ihr könnt uns jetzt abholen. Er fährt gleich los. Ja, alles leer, sauber gemacht. Wir kommen raus, wenn ihr da seid.
Durchs Glasfenster nickt er dem Fahrer unten zu.
Man sieht dem Wagen nicht an, dass er schwer beladen ist, als der weiße Mitsubishi hinaus auf die Straße rollt. Die Jungs haben gute Arbeit geleistet, denkt sich Majid. Das muss man ihnen lassen.
Durch die offene Tür ruft er nach unten, dass es Zeit sei zu verschwinden.
– Das Auto kommt in fünf Minuten. Kontrollier unten! Ich mache hier oben noch einen Rundgang und dann nichts wie weg.

14. Februar 2005
11.00 Uhr
Flug Middle East Airline 206, Paris – Beirut
37 834 Fuß über dem Mittelmeer

Von Beirut ist Ismail Zugari Gonzalez alias François Pelligrande noch über 1500 Kilometer entfernt. Er sitzt über seinem zweiten Frühstück. Das Croissant ist trocken, der Kaffee zu wässrig, die Butter zu hart. Zum Glück hat er schon im Hotel gegessen und das wesentlich besser. Er bestellt einen Tomatensaft, dazu einen Wodka mit Eis. Er will noch etwas schlafen.
Mit Sicherheit wird es heute noch ein langer Tag. Um 16 Uhr ist ein Treffen mit Abu Taleb im Commodore Hotel vereinbart.
Vor Ismail steht der Wodka mit Eis, den er in den letzten Rest seines Tomatensafts schüttet. Er gibt Salz und Pfeffer dazu, rührt mit dem kleinen Plastikstäbchen und nimmt einen kräftigen Schluck. Es wird alles gut-

gehen. Auf Abu Taleb kann man sich verlassen. Er ist ein Mann der alten Schule, dem Politik völlig egal ist. Hauptsache, die Kohle stimmt. Ismail mag seinen Zynismus, in dem der Kampfgefährte alter Tage für ihn unschlagbar ist.

– Freunde, ihr wisst, ich habe ein Herz für die Umwelt, besonders für die Meeresfauna, hört er Abu Taleb sagen. Niemand kümmert sich besser um die armen, hungrigen, kleinen Fische als ich. Er brach dann stets in ein brachiales Lachen aus.

Ismail versucht vergeblich, sich zu erinnern, wie oft er in seinem Auftrag mit einem dieser kleinen Fischkutter aufs Meer hinaus ist. So oft, dass man Bekannte auf offener See hatte.

– Ach, ihr seid das schon wieder? Dachte im ersten Augenblick, ihr seid ein Militärboot.

Der Mann legt sein Gewehr mit Granatenwerfer zurück auf Deck.

Na, ihr habt aber reichlich zu tun dieser Tage.

– Was du nicht sagst! Fast jedes Mal treffen wir euch hier.

– Na ja, jetzt übertreib mal nicht.

– Sucht euch doch eine andere Stelle!

– Das kann ich dir auch sagen!

– Ist eben perfekt hier. Tief und im schlechtesten Fall treiben sie ins offene Meer hinaus.

– Du hast die Fische vergessen!

– Stimmt, schwimmen möchte ich hier nicht!

Ein Plumps ist zu hören, dann ein zweiter. Kurz danach ein dritter aus der Richtung des anderen Bootes.

– Wir haben es auch geschafft. Nichts wie weg. Obwohl es hier ganz angenehm ist. Vor allen Dingen ruhig.

– Ja, und wir müssen nicht aufeinander schießen.

– Das muss ich mir noch überlegen. Pass auf, ich schick dir gleich eine Granate rüber.
Lautes Lachen, das im Motorenlärm untergeht.

Ismail schließt die Augen und kehrt in Gedanken zu seiner Insel zurück. Wie er das Surfbrett aus der Garage holt, es auf den Gepäckträger seines Landrovers montiert, mit Salsamusik am Strand entlangfährt, Frau und Kinder mitsingen: *Que Rico, Que Rico Boogaloo*. Bevor Ismail im Wasser die erste große Welle nimmt, schläft er auf seinem Fensterplatz in Reihe 16 des Middle East Airline Fluges 206, Paris–Beirut, ein.

14. Februar 2005
11.50 Uhr
Villa von Ayehi Bara
Beirut

Hariris Sicherheitschef hat seine Militärkleidung gegen einen blauen Anzug mit Krawatte getauscht und sitzt am Schreibtisch in seinem Arbeitszimmer im Erdgeschoss. Er trinkt Kaffee und raucht eine Zigarette. Auf dem Bildschirm seines Laptops blickt er wie gebannt auf ein rotes blinkendes Licht auf einem Stadtplan von Beirut. Er führt den Mauspfeil auf den roten Punkt, der stillsteht. Hariri ist noch im Parlamentsgebäude. Bara führt den Cursor zurück in die rechte Ecke des Monitors und nimmt einen tiefen Zug an der Zigarette. Er atmet durch und blickt auf die Uhr. Zeit zu gehen, sagt er sich. Er nimmt den letzten Schluck aus der Tasse. Eine Mischung aus wenig Kaffee, viel Zucker und lauwarm. Bara drückt die Zigarette aus, fährt den Computer herunter und steckt ihn in seine schwarze Aktentasche. Über den Flur und durch die

Küche geht er in die Garage und setzt sich in seinen Geländewagen. Das Tor geht auf Knopfdruck langsam und quietschend auf. Bara fährt vorsichtig durch die Ausfahrt, setzt den Blinker rechts, und nachdem die Straße frei ist, gibt er Gas.

14. Februar 2005
12.20 Uhr
Beirut

Die Parlamentssitzung zur Wahlrechtsänderung beginnt pünktlich um 11.00 Uhr und ist 45 Minuten später beendet. Hariri unterhält sich mit seinem Parlamentskollegen Walid Talboun, dem Vorsitzenden der drusischen Partei, in den oberen Sitzreihen des Plenarsaals. Um 12.20 verlässt Hariri das Parlamentsgebäude und geht mit Lissab Nahai zu Fuß über den Nijmeh-Platz ins Café Le Club. Ayehi Bara hatte ihn heute Morgen auf ein Treffen mit UN-Vertretern und ausgewählten Journalisten aufmerksam gemacht. Er kennt die Vorliebe seines Chefs für Öffentlichkeit und Medien. Zur Enttäuschung der Journalisten ist es ein kurzes Tête-à-tête. Um 12.47 verlässt Hariri das Café. Sein Sicherheitsteam und die Wagen warten in einer Seitenstraße neben dem Parlamentsgebäude. Es gibt drei Möglichkeiten. Einmal über die Schnellstraße Richtung Flughafen. Die zweite Variante führt an den Militärbaracken und am Burj-al-Murr-Hochhaus vorbei, einem der letzten Relikte aus dem Bürgerkrieg.

Die dritte Möglichkeit ist die Strecke entlang der Corniche, bei der man das Hotel St. Stefan passiert. Zwischen diesen Fahrtrouten wird regelmäßig gewechselt und die betreffende Wahl bis kurz vor Abfahrt geheim gehalten.

Im Vergleich zu den anderen zwei Strecken ist der Weg über Corniche und Hotel St. Stefan etwas länger, aber um diese Tageszeit kommt man schneller ans Ziel. Eine Route, die man in den letzten drei Monaten insgesamt sechs Mal gewählt hat.

1700 Meter über der Erde

Eine Aufklärungsdrohne kreist weiter über Beirut. Sie kann bis zu 40 Stunden in der Luft bleiben und eine Geschwindigkeit von 250 Kilometern pro Stunde erreichen. Sie ist GPS-gesteuert, verfügt über Radar, Infrarot, lasergesteuerte Zielerkennung und hoch auflösende Farbkameras. Eine davon filmt die Abfahrt der sechs Fahrzeuge des Hariri-Konvois und folgt ihrer Route. Die Live-Videobilder werden in Realzeit via Satellit verschickt.

14. Februar 2005
12.35 Uhr
In der Nähe der Amerikanischen Universität
Beirut

Nach einem nervtötenden Stau auf dem Weg nach Hamra und zwei Runden um das Unigelände findet Ayehi Bara endlich einen Parkplatz in einer kleinen Seitenstraße unweit der Bliss-Straße. Als er rückwärts in die Lücke stößt, läutet sein Telefon.

– Hallo?

– Sehr geehrter Herr Bara. Ich wollte fragen, welche Route wir heute nach Hause nehmen.

– Du gibst über Funk Route 1 durch. Kurz vor Abfahrt änderst du auf Route 2. Über die Corniche am Hotel

St. Stefan vorbei geht es am schnellsten. Überall ist Stau. Der Chef will pünktlich zu Hause sein.
– Okay, Herr Bara. Mache ich so. Bis später!
Bara stellt den Motor ab, steigt aus und geht noch einige hundert Meter auf der Bliss-Straße, bis er mit seiner Arbeitstasche durch den Rundbogen der Universität verschwindet.

14. Februar 2005
12.50 Uhr
Vor dem Hotel Monroe, Ahmad-Chawki-Straße
Beirut

Der Fahrer des weißen Kleintransporters, Marke Mitsubishi, zündet sich eine der Zigaretten an, die er heute Morgen auf der Ablage des Armaturenbretts einzeln bereit gelegt hat. Er zieht einige Male, pafft mehr, als zu inhalieren. Mit der linken Hand klopft er rhythmisch aufs Lenkrad.
– Es geht los. Hörst du mich?
– Klar und deutlich.
– Dann fahr los! Zuerst rechts in die Fakhredine-Straße. Dann geradeaus weiter zum Phoenicia-Hotel.
– Weiß Bescheid. Bin schon unterwegs.
– Und keine Hektik.
– Keine Sorge.
Der Fahrer zieht an der Zigarette und hält sie in der Kurve mit den Lippen fest.
– Beim Phoenicia-Hotel biegst du dann halblinks, Richtung Hotel St. Stefan, ab. Verstanden?
– Okay, okay, ich kenn den Plan in- und auswendig. Ich bin doch nicht blöd.
– Wie ist der Verkehr?

– Alles bestens. Alles normal.
Der Fahrer hustet und wirft die Zigarette aus dem Fenster.
– Bekommst du einen Herzinfarkt?
– Man wird doch wohl noch husten dürfen.
– Und, siehst du das Phoenicia-Hotel?
– Ja, von hinten.
– Halblinks abbiegen!
– Ich weiß. Nerv mich nicht.
– Nach 60 Metern kommt auf der linken Seite die HSBC-Bank. Du hältst in zweiter Reihe. Aber mach den Motor noch nicht aus und vergiss die Warnblinkanlage nicht.
– Okay. Bin gleich in Position.
– Gut, warte noch einen Augenblick. Jetzt fahr langsam los. Siehst du den roten Ford Kombi rechts parken?
– Sehe ich.
– Stell deinen Wagen direkt daneben ab. Kümmere dich nicht darum, wenn alle wie verrückt hupen. Du lässt alles stehen und liegen und haust ab! Dein Wagen steht wie besprochen bereit. Wir sehen uns später. Mach's gut!
– Alles klar.

14. Februar 2005
12.54 Uhr
Gathani-Gebäude, 5. Stock, Appartement A
Stadtteil Hamra, Beirut

Klaus Steinbacher steht endlich unter der Dusche. Das Wasser, das über sein Gesicht läuft, erscheint ihm wie eine Offenbarung, nachdem drei Tage lang kein Tropfen aus der Leitung gekommen ist. Die Öltanker lagen zwar im Hafen von Beirut vor Anker, aber die Regierung hatte wieder mal kein Geld, das Öl zu bezahlen. Zuerst fällt der Strom aus, dann die Wasserpumpen. Alle Kraftwerke produzieren mit Dieselmotoren. Kerzen und Reservewasserflaschen sind in jedem Haushalt Standard.

Gerne hätte der *Globo*-Korrespondent früher geduscht, aber sein Fotograf war vorbeigekommen, um ihm die Bilder zu zeigen, die er gerade aus dem Labor abgeholt hatte. Die Interviewfotos der Al-Arabiya-TV-Moderatorin, die sie am Wochenende im Studio und zu Hause getroffen hatten. Die Screenshots von Special Force, einem Computerspiel aus der Produktion der Hisbollah, sind ebenfalls fertig. Steinbacher setzte sich mit Olaf ins Wohnzimmer, von dem man einen Blick über die St.-Andrews-Kirche aufs Meer hat.

– Gute Arbeit, Olaf. Die Screenshots sind okay und unsere Giselle hast du wirklich gut getroffen. Die bei ihr zu Hause sind wirklich klasse. Wie sie da im Wohnzimmer an diesem Glastisch sitzt. Eine Mediendame, die wie ein Model dasitzt.

– Ja, sie ist eine geile Tussi. Obwohl sie schon älter ist. Mir würde die auch zusagen, die Alte. Hast du gesehen, im Studio waren alle Typen scharf auf sie.

– Olaf, so früh am Morgen bin ich noch nicht reif für deine Sprüche. Ich hole erst einmal Kaffee. Gerade einen gemacht. Willst du?

– Ja, gern. Wie immer schwarz, ohne Zucker.

Klaus Steinbacher ging kopfschüttelnd in die Küche, kam mit zwei Tassen zurück.

– Danke. Und wie geht's die nächsten Tage weiter?

– Einmal müssen wir in die Berge. In dieses Dorf, aus dem angeblich Al-Qaida-Leute in den Irak gefahren sind. Wie auf Kaffee-Fahrt, mit Reiseleiter, in einem gecharterten Bus.

– Hab davon gehört.

– Dann müssen wir zu diesem neuen Frauenfernsehsender. Und in Beirut produziert auch ein irakischer Sender. Da sollten wir ebenfalls mal hin. Die Geschichte ist schon verkauft. Termine gibt's noch keine. Wollte mich heute oder morgen drum kümmern. Sobald ich mehr weiß, gebe ich dir Bescheid.
– Okay. Die aktuellen Fotos hast du ja. Du, ich muss jetzt los, Alter. Für die family schnell einkaufen und dann will ich noch nach alten Teppichen gucken. Ein paar stinkige Libanesen abzocken.
Olaf stand auf, griff sich Helm und Lederjacke.
– Hoffe, du brichst dir das Genick, Olaf.
– Ist es nicht schön, so nette Freunde zu haben?
– Hau endlich ab, du Sack. Und tanz nie mehr vor zehn bei mir an!

Unter der Dusche schließt Klaus Steinbacher zufrieden die Augen, genießt das warme Wasser. Plötzlich zittert das Gebäude, es folgt ein Beben. Er dreht das Wasser ab und blickt aus dem kleinen Kippfenster des Badezimmers. Nur ein wolkenloser, blauer Himmel. Einen Moment lang hält er inne, hört das Dauergehupe der Taxifahrer, das laute Dröhnen der Pumpen von der Tankstelle, die hinter dem Haus liegt.
– Vielleicht ein israelischer Jet, der mal wieder zu tief die Schallmauer durchbrochen hat. Besser keine Zeit verlieren, bevor es kein Wasser mehr gibt.
Steinbacher dreht das Wasser wieder an. Ihm fällt seine Frau ein, die heute zu spät zur Arbeit gekommen ist. Am Boden liegt ihr Handtuch, das sie in Eile liegen gelassen hat. Sie wollte schon gehen, als er ihr beim Abschiedskuss die Knöpfe ihres Sommerkleides aufmachte.
Steinbacher atmet selig durch und lächelt zufrieden. In der Ferne hört er sein Handy läuten. Nass und nackt läuft

er ins Arbeitszimmer und wäre beinahe auf dem Steinfußboden ausgerutscht.
– Hallo, hier Klaus Steinbacher.
– Na, du Schwuchtel. Wer ist das wohl?
Steinbacher erkennt die Stimme seines Fotografen in einem Gemisch aus Sirenen und Schreien.
– Du schon wieder? Ich hätte mir beinahe den Hals gebrochen. Lass es was Ernstes sein, sonst bist du gekündigt!
– Hey, Mann, bleib mal cool. Hier liegen überall Leichen rum. Gerade tragen sie einen verkohlten Klumpen auf einer Trage an mir vorbei. Schöner Anblick, kann ich dir nur sagen. Alles steht hier in Flammen. Verwüstung total, würde ich mal sagen. Hey Mann, hier muss man echt aufpassen, dass man nicht in Eingeweideteile, Gehirnmatsch oder auf sonstige Bodyparts tritt. Meine Schuhe sind schon aufgeweicht. Man sagt, eine der Kohlrouladen, die hier rumliegen, ist Hariri. Jedenfalls wurde sein schicker Mercedes mitsamt dem ganzen Konvoi weggeblasen, wenn du verstehst, was ich meine. Riesiger Bombenkrater, als hätte ne Rakete eingeschlagen. Ein Auto hat es in den vierten Stock des Hotels St. Stefan gewuchtet. Wie im Irak-Krieg hier. An deiner Stelle würde ich mal deinen schwulen Arsch hierher bewegen. Mach mal hinne, bevor abgesperrt wird.
Steinbacher rennt zurück ins Bad. Durch das Kippfenster sieht er dicke grauschwarze Rauchwolken aufsteigen. Das zweite Attentat innerhalb von vier Monaten. Auf dem Weg zur Tür nimmt er Aufnahmegerät und Digitalkamera von der Kommode. Es gibt immer noch Strom. Der Aufzug im Haus funktioniert. Er ist froh, die fünf Stockwerke nicht hinunterlaufen zu müssen.
– Eine Bombe, sagt Imad, als Steinbacher aus dem Hausportal tritt.

Es soll gleich im Fernsehen kommen. Imad steht in der Tür seines Friseurladens und zeigt auf das TV-Gerät hinten auf dem Wandregal.

– Ich weiß schon Bescheid, Imad, danke, ruft Steinbacher und läuft im Eilschritt links von der Kirche die Straße Richtung Corniche hinunter. Mit dem Taxi schafft er es fast bis zu McDonald's. Dort ist Schluss. Totales Verkehrschaos. Steinbacher marschiert die Ibn-Sinai-Straße hoch. Sämtliche Scheiben von Wohnungen und Geschäften sind zu Bruch gegangen. Was für eine Explosion, denkt Steinbacher. Am Phoenicia-Hotel ist die gesamte Fassade von der Druckwelle durchgerüttelt. Aus den kaputten Zimmerfenstern flattern zerrissene Vorhänge. Die Lobby der Fünf-Sterne-Unterkunft ist ein Scherbenhaufen. Als Steinbacher bei der demolierten HSBC-Bank um die Ecke biegt, sieht er, dass Olaf ausnahmsweise einmal nicht übertrieben hat. Reihenweise qualmende Autowracks, so zusammengefaltet, als wäre eine Horde von Dinosauriern drübergelaufen. Rund um den riesigen Krater liegen Berge von zwei, drei Meter großen Asphaltschollen. Helfer zerren schwarze, körperähnliche Klumpen aus einem verkohlten Wagen. Andere buddeln wie verrückt unter Trümmern. Fernsehteams und Fotografen halten ihre Kameras darauf. Durchs Bild laufen Sanitäter mit Bahre und einem Erste-Hilfe-Koffer. Steinbacher steht im Matsch, sieht seine zunehmend nassen Schuhe an. Er steht in einer Lache Blut. Von Hariris Wagenkolonne ist nicht viel übrig. Sein berühmter gepanzerter Mercedes S 600 existiert nicht mehr. Der hintere Teil ist weggesprengt. Was übrig ist, ist ein wirr verbogener Metallhaufen. Bis auf ein Begleitfahrzeug sehen die anderen Wagen nicht besser aus. Die Insassen dürfte es buchstäblich in tausend Stücke gerissen haben. Begleitwagen vier und fünf mit den Leibwächtern stehen noch in einem Stück. Ihre Insassen sitzen stumm, zusammengesackt und geschrumpft von der Hitze des Feuers. Einem Notarztwagen hat es das Dach weggerissen. Tank und Sauerstoffflaschen sind explodiert. Der Fahrer ist zu nah auf den Konvoi aufgefahren. Eine Frau, die sich den blutverschmierten Kopf hält, läuft an Steinbacher vorbei. Zwei Männer zerren an einem heulenden Jungen, der in einem alten Peugeot steckt, der vorne in der Luft hängt. Der qualmende Motor läuft noch, die Vorderräder drehen sich.

– Er muss raus, er muss raus, bevor der Wagen zu brennen anfängt, schreit einer der Helfer.

Der Krater ist mindestens drei Meter tief. Da hat man wirklich nichts dem Zufall überlassen. Ohne jegliche Rücksicht auf Kollateralschäden. Einfach weg damit und Deckel drauf. Auf dem Dach des Hotels St. Stefan sieht Steinbacher das Auto, von dem Olaf gesprochen hat. Steinbacher macht ein Foto. Dann vom Krater, einigen Autowracks, von hysterisch gestikulierenden Helfern und der kaputten Bank. Er hat genügend Zeit, bevor Soldaten das Gelände absperren. Zu einem Foto von einem Taxi, das er gegenüber dem Hotel St. Stefan entdeckt, kommt der *Globo*-Korrespondent nicht mehr. Er wird mit den anderen Schaulustigen zurückgedrängt. Das Taxi liegt auf dem Dach, die Karosserie ist von Löchern übersät, alle Scheiben sind kaputt. Von der Druckwelle erfasst, mehrmals überschlagen und liegen geblieben, analysiert Steinbacher. Fliegende Metallteile, Steine und was auch immer sind wie Geschosse durchs Wagenblech ins Innere durchgeschlagen. Überlebt hat da niemand.

Steinbacher überlegt, ob er sich bei seiner Redaktion gleich oder erst von zu Hause aus meldet. Vielleicht haben sie ja schon angerufen. Er nimmt das Telefon aus seiner Umhängetasche. Kein Empfang.

– Machen Sie sich keine Mühe, ruft ein Soldat, der an der Ecke zum Hotel auf seinem Posten steht. Hier gibt es keinen Empfang. Ich habe es auch schon versucht.

Steinbacher geht zurück zur Strandpromenade und nimmt ein Taxi nach Hause. Kaum ist er eingestiegen, bekommt er einen Anruf seines Chefs.

– Endlich erreich ich Sie. Was war los, hatten Sie Ihr Telefon abgeschaltet?

– Nein, es gab keinen Empfang, als ich mir den Bombenkrater angeschaut habe. Ich hätte Sie sonst schon angerufen.

– Lief gerade über die Agenturen, Steinbacher. Hariri ist ein großes Kaliber. Das ist eine neue Kategorie. Weiß man schon, wer dahintersteckt?

– Nein, denke, das ist noch zu früh.

– Da müssen wir heute sofort etwas für online machen. Mit persönlichen Eindrücken vom Tatort und was noch an Aktuellem reinkommt. Sie verstehen schon. 7500 Zeichen. Und Fotos?

– Mein Fotograf ist kurz nach der Explosion eingetroffen, und wie ich ihn kenne, hat er heftige Bilder gemacht. Notfalls habe ich auch noch welche.

– Gut, der Fotograf soll sie uns möglichst bald zukommen lassen. Sie schicken Ihre mit dem Text. Wir werden sehen, welche Bilder es noch von den Agenturen gibt. Und für den Sonntag ist klar: große Geschichte. Nun machen Sie mal, dass Sie nach Hause an den Schreibtisch kommen!

14. Februar 2005
13.46 Uhr
Nachrichtenagentur Reuters
Beirut

– Guten Tag, Reuters Nachrichtenagentur.
– Wir haben nicht viel Zeit. Nimm deinen Stift und schreib dir das auf! Wir sind die Nasra-und-Dschihad-Gruppe aus der Levante.
– Wie bitte?
– Was bist du für ein Dummkopf! Idiot, hör gefälligst zu! Die Nasra-und-Dschihad-Gruppe hat heute, an diesem denkwürdigen Tag, den Ungläubigen Hariri bestraft. Das ist ein warnendes Beispiel für andere minderwertige Konsorten und Ausbeuter dieser Art. Gott ist groß! Es werden noch mehr fallen. Hast du das, du Dummkopf?

14. Februar 2005
14.20 Uhr
Middle East Airline, Flug 206, Paris – Beirut

Die MEA-Morgenmaschine Paris hat trotz Schneetreiben in Orly nicht mehr als 30 Minuten Verspätung. Als der Kapitän den Landeanflug auf Beirut ankündigt, entschuldigt er sich mit dem Hinweis auf höhere Mächte, gegen die nicht einmal seine Fluggesellschaft etwas anhaben kann. Langsam sackt der neue Airbus 330 durch die Wolkendecke in die Dunstglocke von Beirut. Die Flugbegleiterin stupst den Passagier in Reihe 16 mit Fensterplatz an.
– Sie müssen sich anschnallen. Wir landen gleich.
Ismail zieht das Rollo der Fensterluke hoch und blickt

auf die Uhr. Noch zwei Stunden bis zu seiner Verabredung mit Abu Taleb.
Der Grenzbeamte spricht Ismail auf Französisch an, als er seinen Pass sieht: République Française.
– Wir Christen können das, erklärt der junge Mann in Uniform. Wir sind gebildete Leute.
– Sehr freundlich von Ihnen. Ich weiß, Muslime tun sich schwer mit Französisch.
Der Grenzbeamte lächelt zufrieden und stempelt das für drei Monate gültige Visum ab. Am Zoll winkt man Ismail durch.
– Das ist die Maschine aus Paris, erklärt ein Beamter seinem Kollegen.
Ismail Zugari Gonzalez alias François Pelligrande ist in Beirut. Bevor er das Flughafengebäude verlässt, tippt er eine Nachricht.

+ 9613526977 SMS-Nachricht 14. Februar, 14.46 Uhr
Komme wie verabredet ins Hotel.

Kaum sitzt Ismail im Taxi, erfährt er den Grund seiner Reise. Laut ertönt es im Radio:
– Meine Damen und Herren, wir berichten weiter vom Bombenattentat auf Premierminister Hariri. Telefonisch soll sich nun eine islamistische Gruppe mit Namen Nasra-und-Dschihad-Gruppe aus der Levante bekannt haben. Wir senden live vom Ort des Geschehens. Als die Wagenkolonne Hariris kurz vor 13 Uhr das Hotel St. Stefan passierte, ereignete sich eine Explosion, die selbst in einigen Kilometern Entfernung Boden und Gebäude zittern ließ. Im Amerikanischen Krankenhaus konnten die Ärzte nur mehr den Tod Hariris feststellen. Wie viele seiner Begleiter verletzt oder getötet wurden, steht zu diesem Zeitpunkt noch nicht fest. Das Militär hat das Gelän-

de abgesperrt. Der Tatort ist ein Bild der Verwüstung, das an den Bürgerkrieg erinnert. Hören wir jetzt Fahrid al-Khoury, den Inhaber eines Telekommunikationsladens und Augenzeuge des Anschlags.
– Ich stand vor meinem Geschäft und rauchte eine Zigarette, als ich plötzlich umgerissen wurde und es einen furchtbaren, lauten Knall gab. Die Scheiben meines Ladens prasselten auf mich herab. Ich dachte zuerst an ein Erdbeben. Aber dann sah ich Rauch aufsteigen und Leute schrien wie verrückt: Eine Bombe, eine Bombe …
Der Fahrer stellt leiser.
– Von wegen Islamisten. So ein blöder Name: Sieg und Heiliger Krieg. Wer's glaubt, wird selig.
Ismail musste schmunzeln. So ein bescheuerter Name kann nur Abu Taleb einfallen.
– Für mich war klar, Hariri wird irgendwann abgemurkst, fährt der Taxifahrer fort. Der wollte den Syrern nicht mehr den Arsch putzen. Nicht noch einmal diesen gelackten Lahoud als Präsidenten haben, den Handlanger Damaskus', der im Schönheitssalon mehr Zeit verbringt als in seinem Büro. Aber wer es sich mit Bashir al-Assad verscherzt, springt über die Klinge.
– Sind Sie Christ?, fragt Ismail.
– Ich bin Armenier. Also neutral. Aber ich weiß, worauf Sie anspielen. Die Christen können Syrien nicht ausstehen, da regieren Alawiten, das sind Schiiten. Schiiten bedeutet Hisbollah und Hisbollah bedeutet Iran. So einfach ist das.
– Aber die Christen in Syrien sind anders. Sie lieben al-Assad.
– Ja, das passt eigentlich nicht zusammen. Aber Widersprüche gehören nun mal zum Nahen Osten wie das Amen zur Kirche.

14. Februar 2005
15.30 Uhr
Residenz Hariri
Beirut

Fouad sitzt im 7. Stock auf dem Bett im Schlafzimmer seines Chefs. Die Nachmittagssonne scheint durchs offene Fenster. Stumm blickt er nach draußen auf den blauen Himmel. Als er vom Attentat gehört hat, ist er ins Amerikanische Krankenhaus geeilt. Dort hat man ihm die Fetzen eines weißblauen Schlipses gezeigt. Auch den Ehering hat er sofort erkannt. Die Verletzten auf den Gängen, das Geschrei der Schwestern, der Ärzte und die Sirenen der Krankenwagen, die immer wieder neue Verwundete brachten, davon hat Fouad nichts mehr mitbekommen.

Fouad sieht sich im Schlafzimmer um, das ihm leer vorkommt. Er blickt auf seine Uhr, eine Rolex, die ihm Hariri zum 25. Dienstjubiläum schenkte.

Kurz vor vier. Sie werden bald eintreffen. Die Ehefrau aus Paris, der Sohn Said aus Saudi-Arabien und die anderen Kinder aus dem Krankenhaus. Dazu Freunde, Politiker und Journalisten. Sicherheitschef Bara ist schon vor einer halben Stunde gekommen. Ich sollte besser hinuntergehen und mich um alles kümmern.

14. Februar 2005
15.51 Uhr
Vor dem Gebäude der Vereinten Nationen
Beirut

Zum zweiten Mal steigt ein Mitarbeiter des Al-Jazeera-Büros auf ein und denselben Baum vor dem UN-Gebäu-

de. Dieses Mal wird ein weißer Umschlag gefunden, der eine Videokassette und einen mit Maschine getippten Brief beinhaltet:
Gelobt sei Gott, dass er das Banner von Nasra und Dschihad in der Levante zum Sieg führte. Mit Gottes Segen bekam der Agent der Ungläubigen in Mekka und Medina, Rafik Hariri, seine gerechte Strafe durch eine Märtyreroperation. Die Bestrafung des Sünders und illegalen Wucherers führte Mujahid Ahmed Abu Adas am 5. des Muhurram 1426 nach dem Islamischen Kalender durch. Beiliegend Aufnahmen des Märtyrers Ahmed Abu Adas.

14. Februar 2005
16.28 Uhr
Al-Jazeera-Büro
Beirut

– Warum ist das noch nicht gesendet? Wozu braucht ihr so lange? Ich warne euch, das kann für euch gefährlich werden.
Der Büroleiter Mohammed al-Jaddou versichert dem ungeduldigen Anrufer, die Entscheidung werde nicht von ihm getroffen, sondern von der Zentrale in Katar.
– Wir haben das Band schon überspielt und warten nur auf ein Okay aus Doha. Das kann sehr schnell gehen oder auch noch dauern. Mehr kann ich dazu nicht sagen.
Der Anrufer legt verärgert auf.

14. Februar 2005
16.35 Uhr
Gathani-Gebäude, 5. Stock, Appartement A
Beirut

Steinbacher sitzt noch an seinem Artikel für die Online-Ausgabe des *Globo*. Es dauert etwas länger als sonst. Mit vollem Bauch schreibt es sich eben schlecht. Haushälterin Daisy hat ihm sein Lieblingsessen gekocht: Mit Hackfleisch gefüllte Zucchini in Tomatensoße. Obendrein ist er heute früher als sonst aufgestanden. Steinbacher liest seine Rohfassung noch einmal:

Das Undenkbare ist passiert. Rafiq al-Hariri, einer der reichsten Männer der Welt, dessen Name wie kein anderer mit dem Wiederaufbau im Nachkriegslibanon verbunden ist, der als der Unberührbare, der Unantastbare, galt, wurde mit einer gigantischen Autobombe getötet. Letztes Jahr im Oktober entkam Nawran Lammrani, der Ex-Wirtschaftsminister und treuer Verbündeter Wali Talbouns, nur schwer verletzt einer Autobombe. Da fragt man sich natürlich, wer wird der Nächste sein? Lammrani hatte noch Glück. Aber am vergangenen Montag, als Hariris Autokorso am Luxus-Hotel Phoenicia vorbeibrauste und Richtung Corniche fuhr, waren die Attentäter auf Nummer sicher gegangen. Bei mindestens 1500 Kilogramm Sprengstoff – nach Ansicht der libanesischen Sicherheitsbehörden handelte es sich um einen Selbstmordanschlag – gab es kein Entkommen. Die Druckwelle zerstörte innerhalb eines Umkreises von einem Kilometer sämtliche Fenster und Auslagen.

Es gibt bislang keinen Beweis für die Beteiligung Syriens oder der libanesischen Regierung an Hariris Ermordung. Doch wenige Stunden nach dem Attentat gab es Demonstrationen, auf denen Syrien als Mörder und die libanesischen Behörden als Handlanger beschuldigt wurden. Ganz im Sinne der USA und

der libanesischen Opposition, für die es keinen Zweifel gibt, wer die Bombe am Montag gezündet hat, die den libanesischen Ex-Premierminister und neun weitere Menschen tötete und über dreißig teilweise schwer verletzte. Auch die israelische Regierung sieht die Täter im Dienste Syriens, nennt aber auch die Hisbollah oder terroristische Islamistengruppen als mögliche Täter. Bislang gibt es allerdings nur einen Bekenneranruf einer unbekannten Gruppe namens »Sieg und Dschihad in der Levante«. Dort heißt es, Hariri wurde durch einen Selbstmordanschlag getötet wegen seiner Beziehungen zum saudischen Regime. Das aber würde bedeuten, dass der über den Irak-Krieg auch nach Saudi-Arabien übergesprungene al-Qaida-Terrorismus nun auch den Libanon erreicht hat. Allerdings hat im Internet eine Gruppe, die sich al-Qaida zurechnet, das Bekenntnis dementiert und macht den Mossad verantwortlich oder sieht libanesische oder syrische Interessen dahinter. Man unterstütze die Kämpfe in Palästina oder im Irak, habe aber mit dem Anschlag nichts zu tun.
Seit dem Irak-Krieg steht Syrien ganz oben auf der Schwarzen Liste der Bush-Regierung, auch wenn das Land noch nicht zu den »Außenposten der Tyrannei« wie etwa der Iran gezählt wurde. Doch bisher konnte man der syrischen sozialistischen Republik wenig anhaben. Die US-Wirtschaftssanktionen vom Mai 2004 hatten eher symbolischen Charakter, und die Resolution 1559 des UN-Sicherheitsrates, die u. a. den Abzug »aller ausländischen Truppen« aus dem Libanon und die »Entwaffnung aller Milizen« vorsieht, blieb trotz diplomatischer Gespräche und Verhandlungen nur ein Stück Papier. Jetzt scheint es durch die Autobombe, die Ex-Premier Hariri tötete, zu einer Beschleunigung der Ereignisse zu kommen.
Steinbacher ist zufrieden. Daraus lässt sich etwas machen. Jetzt einen szenischen Einstieg vom Tatort, dem Chaos und über das Ausmaß der Zerstörung. Dann noch

hier und da ausweiten, ein Statement der Opposition und von US-Offiziellen, das und jenes verbinden ... Steinbacher versenkt sich in seine Arbeit.

14. Februar 2005
16.45 Uhr
Hotel Le Meridien Commodore
Beirut

Ismail lässt sich im Restaurant Mezze bringen: Hummus, den Kichererbsenbrei, Baba Ghanush, das Auberginen-Sesam-Püree, Petersiliensalat Tabuleh und Kibbeh, die gefüllten Teigbällchen. Den Koch bittet er, ihm rohe Leber nicht in Würfel, sondern in hauchdünne Scheiben zu schneiden, mit Minze und frischem Koriander garniert. Ismail kann nicht alles essen. Das war ihm von vornherein klar gewesen. Er wollte von allem probieren, was ihm monatelang in Gedanken das Wasser im Mund hatte zusammenlaufen lassen. Natürlich trinkt er seinen geliebten Raki und abschließend Kaffee mit Kardamom.

Abu Taleb, der einen Heftumschlag mit einem Stapel loser Papiere trägt, ist diesmal pünktlich.

– Ich dachte, wir treffen uns in der Bar, aber wie ich sehe, hattest du einen lokalen Essensflash, wie man so sagt.

Grinsend blickt Abu Taleb über den mit Tellern vollgestellten Tisch.

– Mir fehlt Fatusch-Salat, erklärt er mit einem enttäuschten Unterton. Macht meine Frau übrigens sehr gut. Eines der wenigen Dinge, die sie wirklich kann und nicht unserer Fatima überlässt.

Das Restaurant des Hotels Commodore ist seit einer halben Stunde geschlossen. Ismail ist der letzte Gast.

Abu Taleb bestellt einen doppelten Whiskey. Johnnie Walker, Black Label, mit Eis. Ismail noch einen Raki. Nachdem der Tisch abgeräumt und die Rechnung gebracht ist, bekommt der Kellner zwanzig Dollar Trinkgeld.
– Wir wollen völlig ungestört sein, sagt Abu Taleb. Und lassen Sie den Fernseher laufen. Al Jazeera.
– Ja, mein Herr. Al Jazeera und völlig ungestört, kein Problem, mein Herr, versichert der Kellner mit der devoten Freundlichkeit eines Fünf-Sterne-Hotels.
Nachdem der Kellner die Tür fast lautlos hinter sich geschlossen hat, will Abu Taleb gleich zur Sache kommen. Aber Ismail hebt abwehrend die Hand. Er hat den Magen zwar angenehm voll, aber er fühlt sich nicht mehr ganz wohl.
– Der Fisch ist zu groß.
– Ach komm. Wir haben schon ganz andere Dinge gedreht, entgegnet ihm Abu Taleb
– Hariri ist einer der mächtigsten Männer der Welt.
– Na und? Jetzt verfault er wie jeder andere. Abu Taleb nimmt einen Schluck von seinem Whiskey. Der Kellner hat gut eingeschenkt. Das muss man ihm lassen. Prost, Ismail!
Ismail hebt zögernd das Glas.

Auf Al Jazeera laufen plötzlich rot unterlegte Streifen über den Bildschirm. Neueste Nachrichten, neueste Nachrichten. Die Moderatorin ist vor dem Hotel Phoenicia zu sehen.
– Meine Damen und Herren. Soeben gibt es neue Entwicklungen im Fall des Bombenattentats auf den libanesischen Ex-Premierminister Rafiq al-Hariri. Al Jazeera ist exklusiv im Besitz eines Videos der islamistischen Gruppe Sieg und Dschihad, in dem sie sich zur Ausführung

des Selbstmordanschlags bekennt. Wir wollen es Ihnen nicht länger vorenthalten.

– Na endlich, ruft Abu Taleb. Wurde ja auch Zeit!

Abu Adas, ein Mann mit dunklem Vollbart und einem weißen Turban, ist zu sehen. Hinter ihm ein schwarzes Transparent mit der Aufschrift: Es gibt keinen anderen Gott außer Allah. Mohammed ist der Gesandte Gottes. Gott ist groß!

Der junge, schmalgesichtige Mann mit seinem halblangen Krausebart liest mit verkrampften Händen vor.

– Im Namen des barmherzigen und gnädigen Gottes! Hiermit verkünde ich: Um unsere kämpfenden Brüder im Land der zwei heiligen Moscheen, Medina und Mekka, zu unterstützen und um Rache für unsere Märtyrer absoluter Wahrhaftigkeit zu nehmen, die die Schergen des saudischen Regimes ermordeten, haben wir heute mit Vertrauen in den allmächtigen Gott ein gerechtes Urteil vollstreckt. Den Tod für Rafiq al-Hariri, den Handlanger Saudi-Arabiens in der Levante, den Sünder, der sich millionenfach unsittlich und schamlos bereichert und den Koran in den Schmutz gezogen hat. Mit dieser Märtyreroperation zeigen wir unsere Bestimmtheit, unseren Willen zum Dschihad, dem Heiligen Krieg. Sie ist eine Warnung an all die Ungläubigen, Abtrünnigen und Tyrannen in der Levante! Dies war nur ein Anfang. Wir werden viele weitere Märtyrermissionen durchführen, bis alle Sünder ihre gottgewollte Strafe erhalten. Ich sage euch: Dem göttlichen Willen, der Macht Allahs, unerdenklich und unergründlich, nicht in Worte zu fassen, kann niemand entrinnen. Gott ist mein Zeuge! Gott ist groß!

– Ist das nicht wunderbar, ruft Abu Taleb. Ismail schüttelt spöttisch den Kopf.

Die Moderatorin wird wieder eingeblendet:

– In unserem Studio sitzt Karim al-Ghali, Politikwissenschaftler und Experte für islamistische Gruppen der Libanesischen Universität. Herr al-Ghali, ist das Video authentisch?
– Diese Sieg-und-Dschihad-Gruppe ist bisher völlig unbekannt. Al-Qaida hat im Internet ein Statement lanciert, in dem es behauptet, diese Gruppe sei nicht echt. Das Video muss man daher als äußerst fragwürdig bezeichnen.
– Nicht echt und fragwürdig! Was seid ihr doch für Penner! Abu Taleb kommt in Rage.
Ismail musste schon schmunzeln, als er bei der Fahrt in die Stadt im Radio vom Bekennervideo hörte. Nun lacht er laut los.
– Du auch noch, schimpft Abu Taleb. Dabei war unser Selbstmordattentäter ein perfekter Kandidat. Abu Taleb meint damit den islamistischen Background von Abu Adas. Der Computeringenieur hatte Kontakt zur Terrorgruppe Jund al-Sham und soll sich mehrfach mit ihrem stellvertretenden Führer, Scheich Abu Obeida, im palästinensischen Flüchtlingslager von Ain al-Helweh getroffen haben. Abu Adas arbeitete in einem Computerladen, der einer Unterorganisation von Jund al-Sham gehörte.
– Der Kerl war scharf auf eine Bombenmission, behauptet Abu Taleb lautstark. Das war ein Überzeugungstäter! Ganz begeistert von einem Attentat auf Hariri. Wir mussten gar nicht nachhelfen. Abu Taleb beginnt plötzlich zu grinsen, als er an die Aufnahmen für das Bekennervideo denkt.
– Zugegeben, als Abu Adas merkte, dass seine Aufgabe mit dem Video erledigt war, war die Enttäuschung groß. Aber er wurde von seinem Elend umgehend befreit.
– Du meinst, letztendlich konnte er dir dankbar sein.
– Ja, Ismail, so sollte man das sehen.

14. Februar 2005
17.55 Uhr
Residenz Hariri
Beirut

Zwei der führenden Mitglieder der Opposition nehmen im Konferenzsaal der Residenz Hariri Platz. Es sind Wali Talboun von der Partei der Drusen und Wissam Taraa, Parlamentsmitglied und langjähriger Gefolgsmann Hariris und Mitglied der Zukunftspartei. Wissam Taraa hält einige Blätter Papier in der Hand und scheint derjenige zu sein, der das Statement abgeben wird. Der bisher private Konferenzsaal Hariris ist heute Abend überfüllt mit Freunden des Milliardärs, verbündeten Politikern und Oppositionsanhängern, die sich von der Straße her eingeschmuggelt haben. Die Stimmung ist gespannt und überreizt. Ayehi Bara, der alte und neue Sicherheitschef der Familie Hariris, hält sich überraschend ruhig im Hintergrund. Er wirkt wie abwesend inmitten des ganzen Trubels. Das Parlamentsmitglied Taraa bittet um Ruhe und beginnt.

– Sehr geehrte Damen und Herren, wir vom Oppositionsbündnis wollen am Ende eines schrecklichen, schwarzen Tages in der Geschichte des Libanon nicht viele Worte verlieren. Wir verurteilen diesen unbeschreiblich grausamen und widerwärtigen Anschlag, bei dem unser Freund und Führer Rafik Hariri heimtückisch ermordet wurde. Ein krimineller Akt, der in diesem unerhörten Ausmaß seit dem Ende des Bürgerkriegs beispiellos ist. Wir verurteilen das Bombenattentat nicht nur, sondern klagen auch die Täter an. Wir machen die libanesischen Behörden dafür verantwortlich, für dieses und alle ähnlichen Verbrechen, die möglicherweise noch folgen werden. Gleichzeitig klagen wir die

Vertreter Syriens an, die im Libanon letztendlich entscheiden, was getan wird. Um diese Fremdhegemonie zu beenden und für einen freien Libanon, fordern wir den Abzug aller syrischen Truppen. Spätestens im Mai, vor den angesetzten Parlamentswahlen. Zum Abschluss rufen wir zu einem dreitägigen Generalstreik auf, der die Entschlossenheit und Solidarität des libanesischen Volkes zeigen soll. Vielen Dank, meine Damen und Herren.
Frenetischer Applaus der Anwesenden. Draußen vor der Residenz bricht ebenfalls Jubel aus. Gott-ist-groß, Syrien raus, wird gerufen. Die beiden Oppositionsführer Wali Talboun und Wissam Taraa verlassen den Konferenzsaal durch eine Seitentür, um nicht von Unterstützern und Journalisten überrannt zu werden.

14. Februar 2005
18.07 Uhr
Hotel Le Meridien Commodore
Beirut

– Kommen wir zur Sache, erklärt Abu Taleb. Ich habe noch einen Termin und Abendessen muss ich auch einmal. Er öffnet seinen Hefter und legt einige Papiere auf den Tisch. Du kennst das, Ismail. Hier sind deine Steckbriefe. Vier an der Zahl. Mit aktuellem Foto und Vorrecherche. Um die Sache zu beschleunigen, haben wir Vorschläge für den – so Gott will – besten Zeitpunkt des Zugriffs gemacht.
– Ihr habt es eilig, stellt Ismail fest. Ich bin mir nicht sicher, ob das alles noch so eine gute Idee ist.
– Du weißt doch, nichts wird so heiß gegessen, wie es gekocht wird. Lass uns die Steckbriefe kurz durchgehen, da-

mit du merkst, alles ist ein Kinderspiel. Kein Grund zur Panik.

Ismail nickt und sieht neugierig die ersten Fotos an. Zwei junge Kerle. 24 und 28 Jahre alt.

– Die ersten sind Mokhtar Sleiman und Zakaria Kaddoura. Sie haben den Mitsubishi gesehen, wissen über einige logistische Details Bescheid. Gravierender ist, dass sie unseren Techniker gefahren haben, der die Funkantenne von MTC Touch manipuliert hat und auch sonst noch irgendeine Finesse gemacht haben muss. Den hat man extra aus dem Ausland eingeflogen. Vormittags kam der Anruf und schon musste ich ihn am Flughafen abholen lassen. Kam für mich völlig überraschend.

Ismail stutzt. Wegen Störsendern in Hariris Autokolonne konnte es nicht sein. Selbst diese hochwertigen Teile kann man einfach ausknocken. Das stärkste Signal gewinnt.

– Warum der Spezialist?, fragt er Abu Taleb.

Aber auch der hat keine richtige Antwort. Der Techniker habe den öffentlichen Handyverkehr über die Antenne um 9 Uhr abgeschaltet und pünktlich um 13 Uhr wieder eingeschaltet. Was sonst noch an technischen Dingen gelaufen sei, wisse er nicht.

– Wozu sollte ich mir darüber den Kopf zerbrechen? Abu Taleb zuckt mit den Schultern. Dafür werde ich nicht bezahlt. Seine beiden Jungs fuhren den Techniker nach erledigter Arbeit zum Charles-Helou-Busbahnhof. Dort wartete ein Wagen, Marke Range Rover, mit verspiegelten Scheiben. Kein einziges Wort soll der Techniker gesprochen haben. Kein Hallo, kein Auf Wiedersehen.

– Also, das ist Mokhtar, fährt Abu Taleb geschäftsmäßig fort. Marokkanischer Abstammung, Mutter aus Agadir. Ein Maghrebi, der kifft und auch andere Drogen nimmt. Bis spät unterwegs. Zakaria ist dagegen unauffälliger, hängt bei der Mutter rum, Vater tot. Zweimal pro Woche Café. Freunde, Schischa, sonst nichts.

– Und die zwei anderen?, fragt Ismail, der ihre Steckbriefe überfliegt und dem dabei ein: Auch das noch! herausrutscht. Die wohnen in Südbeirut. Ausgerechnet in Haret Hreik, im Hoheitsgebiet der Hisbollah. Gleich um die Ecke vom Hauptquartier.

Abu Taleb grinst.

Ismail errät sofort, was Abu Taleb vorschwebt. Mossad lässt grüßen und die Schlagzeile ist gewiss: Gestern detonierte ein Sprengsatz unter dem Wagen eines Funktionärs der radikal-schiitischen Organisation ...

– Nun mach aus einer Mücke keinen Elefanten. Es ist doch völlig egal, wo die wohnen. Das sind die üblichen Fußsoldaten. Kleine Lichter, so klein, dass man jederzeit auf sie verzichten kann. Du kennst diese Typen doch gut genug.

Natürlich wusste Ismail, von welcher Sorte Männer Abu Taleb spricht. Den Leuten ist es völlig egal, für wen sie arbeiten. Hauptsache, die Kohle stimmt. Man braucht sie in jeder Organisation, selbst bei einem so großen Ding wie Hariri. Sie machen, was von ihnen verlangt wird, ohne dass groß nachgedacht wird.

– Bei den ersten beiden magst du recht haben, sagt Ismail. Aber dieser Majid und auch dieser Musa sind eine andere Kategorie. Das sind keine Mitläufer.

– Aber paranoide Fanatiker sind sie auch nicht, die jeden Augenblick ein Sondereinsatzkommando erwarten und ihre Buden vermint haben. Das sind normale Kriminelle wie wir auch. Bevor du griesgrämig wirst, lies mal ein bisschen weiter, fordert Abu Taleb auf.

Ismail findet die Stelle.

– Okay, unser Majid Annan hat zwei Kinder, eine 12-jährige Tochter und einen 16-jährigen Sohn. Beide lernen Spanisch. Zweimal die Woche am spanischen Kulturinstitut, dem Instituto Cervantes. Mittwoch und Freitag von 18.15 bis 19.45 Uhr. Calle Maarad, liest Ismail und wechselt unwillkürlich die Sprache. Esta directamente en el centro de Beirut. Und richtet sich dann an Abu Taleb: Esto hace todo mas facil. Der lächelt zufrieden.

– Ich spreche kein Spanisch. Aber aus deinem Gesichtsausdruck zu schließen, ist alles gut. Majid und Musa sind auch Freunde, und wie es sich für gute Freunde gehört, treffen sie sich regelmäßig.

Ismail ist am Ende doch zufrieden. Alles scheint machbar. Er blättert in den Papieren und überhört Abu Talebs theatralische Abschlussansprache. Ismail dürfte nie vergessen, dass ihm jederzeit und überall jemand über die Schulter gucken kann. Im Libanon wimmele es nämlich vor Geheimdiensten. Gerade nach so einem Attentat, da würden viele Ungebetene herumschnüffeln. Das Unternehmen dürfte nicht im Chaos enden.

– Jetzt ist es genug, unterbricht ihn Ismail. Wir sind hier nicht beim Fernsehen.

Etwas mürrisch steht Abu Taleb auf und hebt kurz die Hand zum Abschied.

– Hasta la vista, baby. Mehr Spanisch habe ich nicht drauf.

14. Februar 2005
18.53 Uhr
Gathani-Gebäude, 5. Stock, Appartement A
Beirut

Steinbacher kann seinen Online-Artikel bereits auf www.globo.com/Ausland/Schlagzeilen sehen. Er ist immer wieder fasziniert, wie schnell das geht. Die Fotos zum Text hatte die Bildredaktion von Olaf. Klar, bessere Auflösung, besserer Fotograf und bessere Motive. War ja gleich da, der blöde Sack! Geht kurz um die Ecke, um einen Kelim für seine Sammlung zu kaufen, und nebenan explodiert eine Bombe. Nicht irgendeine Bombe. Nein, eine, die Geschichte macht. Typisch!

Neben der Überschrift – Große Autobombe in Beirut. Ex-Premierminister Hariri unter den Toten – ist das Foto einer weinenden Frau mit offenen Haaren, zerfledderter Bluse, die mit einem Bein barfuß in einer Pfütze steht. Am anderen Fuß trägt sie noch einen hochhackigen, schwarzen Stöckelschuh. Mit verzerrtem Gesicht, tränennassen Augen begutachtet sie ihre blutigen Hände, die sie nach oben hält.

Der große Aufmacher, etwas weiter unten, ist der schwarze Klumpen auf einer Holzbahre, der von zwei Männern in Trainingsjacken im Laufschritt getragen wird. Als würde den beiden Trägern eine Windmaschine die Haare aus ihren bleichen Gesichtern hinter die Ohren wehen. Der Klumpen ist nur an den Basisproportionen als Mensch zu erkennen: Arme, Beine, dazwischen so etwas wie ein Oberkörper. Der Kopf scheint einfach in die Schultern gerutscht zu sein. Ein weiß-blauer Stofffetzen leuchtet auf dem schwarzen Etwas und zieht den Blick auf sich. Mit dem Rauch, den Flammen eines brennenden Autos im Hintergrund. Ein Ruhepunkt in der Hektik und dem Chaos.

Olaf hat das wieder einmal perfekt hingekriegt, denkt Steinbacher anerkennend.

Das Handy läutet. Steinbacher ahnt schon, wer es ist, und ein Blick aufs Display gibt ihm recht. Der Mann hat einfach Talent, den richtigen Moment zu erwischen.

– Als es klingelte, wusste ich schon, dass du es bist.

– Klar, du siehst es auf dem Display.

– Ganz ohne Gucken wusste ich das. Was gibt's?
– Jetzt errate ich mal was, Chef. Du sitzt vor dem Computer und staunst. Kannste ruhig machen und freut mich, dass dich meine Fotos immer noch zum Staunen bringen. Du kannst mich gerne loben, stört mich nicht die Bohne. Aber dieses Mal, Chef, habe ich mich selbst übertroffen. Das hat nicht jeder drauf.
– Ja, die Fotos sind nicht schlecht geworden, Olaf.
– Nicht schlecht? Das kommt ja einer Beleidigung gleich. Guck dir doch das Bild mal genau an. Die beiden Fritzen in ihren Trainingsjacken, wie die den verschmorten Hariri auf der Trage schleppen. Weiß wie die Wand und dann dieses Stoffstückchen, was bestimmt mal eine Krawatte war. Ein sauteures Tüchlein, das sich unser Herr von Milliardär heute Morgen um den Hals gebunden hat. Eher umbinden lassen, nehme ich mal an. Bei piekfeinen Herren soll das so sein. Aber Chef, war das nicht das magische Dreieck, von dem ich immer rede? Das, was ein Foto genial macht und das andere Kollegen ihr Leben lang nicht zustande bringen. Sie träumen nur davon. Aber so auf den Knopf drücken, dass es zum Foto wird, ist eine ganz andere Geschichte, Mann.
– Ich weiß, Olaf. Ich gebe es zu. Die Fotos sind wirklich gut.
– Und da ist noch Luft nach oben!
– Ich muss noch einkaufen gehen, bevor meine Frau nach Hause kommt, sagt Steinbacher, um das Gespräch gleich wieder zu beenden. Ich will heute kochen.
– Verstehe, sagt Olaf. Du willst doch nur Sex. Ich kenne doch meine Pappenheimer. Und Valentinstag kommt als Entschuldigung ganz gut. Da kann Mutti schlecht nein sagen.
– Und deine Frau schläft beim Abendessen regelmäßig ein, weil so ein aufregender Kerl am Tisch sitzt.

– Na, da habe ich dich wohl auf die Palme gebracht. Aber vielleicht keine so schlechte Idee, ich könnte meiner Süßen auch mal etwas bieten. Ein Abendessen mit Kerzenlicht. Na, dann bestelle ich mal schnell eine Pizza.

14. Februar 2005
19.10 Uhr
In der Nähe der Arabischen Universität
Tarek-el-Shidadi-Straße, 34, 1. Stock, Wohnung C
Beirut

Es klopft bei Taysir und Nehad Abu Adas.
– Macht auf, macht auf! Wir sind es, Ibrahim und Huda, eure Nachbarn aus dem Erdgeschoss.
Ibrahim schlägt mit der flachen Hand drei, vier Mal an die Tür.
– Was ist denn? So einen Krach zu machen, hören die beiden Nehad sagen.
– Beeil dich doch, Nachbarin, ruft Huda.
Der Schlüssel dreht sich und beide drängen an der verdutzten Nehad vorbei über den Gang in den Salon.
– Hilfe, Taysir, Hilfe. Steh auf! Unsere Nachbarn sind vollkommen verrückt geworden!
– Ihr müsst sofort den Fernseher einschalten. Sofort! Euer Sohn ist gleich wieder auf Al Jazeera zu sehen, erklärt Huda.
– Unser Sohn im Fernsehen? Er ist seit drei Tagen verschwunden. Warum soll er im Fernsehen sein?
– Ich habe die Fernbedienung, schreit Ibrahim aufgeregt. Er drückt auf Power. Wo finde ich Al Jazeera?
– Es ist Nummer zehn, mischt sich Taysir ein, der verschlafen und zerknautscht ist. Er ist aus einer späten Siesta aufgewacht. Nun kommen auch die beiden Töchter,

die auf dem hinteren Balkon Wäsche aufgehängt haben.
– Mama, Papa, was ist hier los?
– Da, es läuft schon! Es läuft, schreit Ibrahim.
Alle sehen Ahmed mit Turban auf dem Bildschirm.
– Im Namen des barmherzigen und gnädigen Gottes! Hiermit verkünde ich: Um unsere kämpfenden Brüder im Land der zwei heiligen Moscheen …
– Das ist nicht unser Sohn, ruft Mutter Nehad.
– Nein, Mama, sagt auch eine der Töchter. Das ist nicht Ahmed. So etwas macht Ahmed nicht. Dazu hat man ihn gezwungen.
– … haben wir heute mit Vertrauen in den allmächtigen Gott ein gerechtes Urteil vollstreckt. Den Tod für Rafiq al-Hariri, den Handlanger Saudi-Arabiens …
Nehad beginnt tief zu schluchzen. Sie versinkt in einem der großen Armsessel. Die beiden Töchter nehmen sie in den Arm.
Vater Taysir starrt fassungslos auf seinen Sohn, der noch nie einen Turban getragen hat. Er hält sich an der Sofalehne fest und seufzt laut.
– Was machen wir jetzt bloß? Wo ist unser Ahmed? Was ist mit ihm?
Ibrahim legt Taysir unterstützend die Hand um die Schulter. Märtyrer sind tot, wagt der Nachbar jedoch nicht zu sagen.
– Das ist doch alles Quatsch, ruft Taysir entschieden. Ahmed ist ein guter Junge. Er ist Computeringenieur, und warum sollte ein Computeringenieur sterben wollen? Mit seinem Beruf steht ihm eine wunderbare Zukunft offen.
Er wird plötzlich still und sagt dann mit dem verantwortungsvollen Tonfall eines Familienvaters:
– Ich glaube, wir sollten zur Polizei gehen.
Vor dem Haus hört man mehrere Wagen halten, Türen-

schlagen und Anweisungen im militärischen Ton. Blaulicht schwappt flackernd über die Wände des Salons. Nehad und ihre Töchter richten ihr Kopftuch. Eilige Schritte auf der Treppe.
– Guten Abend. Ich bin Abayan Sliman, der leitende Beamte. Sie wissen, warum wir hier sind?
Ein tiefer Schluchzer kommt von Nehad auf dem Sofa.
– Ja, wir haben es gerade im Fernsehen gesehen, antwortet Taysir, an den als ältesten Mann in der Runde die Frage gerichtet war. Ich bin der Vater. Taysir Abu Adas. Und diese brauchen Sie hier nicht! Er deutet auf die vier Soldaten mit Gewehren, die hinter Sliman stehen. Ich nehme an, Sie wollen das Zimmer meines Sohnes sehen.
– Allerdings, Herr Abu Adas.
– Auf dem Gang, die zweite Tür links. Ich denke, Sie finden den Weg alleine.

14. Februar 2005
19.20 Uhr
Hotel Commodore
Beirut

Ismail marschiert vom Hotel Richtung Sadat-Straße, um eine libanesische SIM-Karte zu kaufen. Er kennt dort einen Telefonladen, dessen Besitzer ihn nicht übers Ohr haut und auch keinen Ausweis verlangt. Ein sympathischer Kerl, der bis heute ein fanatischer Anhänger von General Michel Maoun geblieben ist.
– Bis zum Schluss war ich bei ihm im Präsidentenpalast. Er hatte Format. Ein Mann, ein Wort. Er wollte einen freien Libanon und bekämpfte dafür die Syrer. Ja, mein Herr, obwohl ich Sunnit bin und General Maoun Christ, hätte ich mein Leben für ihn gegeben.

Zu Ismails Enttäuschung ist der Chef heute nicht im Laden. Er kauft trotzdem zwei SIM-Karten und zwei billige Nokia-Telefone. Sofort, sofort, sagt der Verkäufer. Er packt die Telefone aus, legt Akkus und SIM-Karten ein. Der Verkäufer lächelt ihn dazwischen immer wieder an. Ismail beobachtet die geübten Hände, die dies wahrscheinlich schon tausend Mal gemacht haben. Er denkt zurück an General Maoun und an den Präsidentenpalast in Beirut vom 13. Oktober 1990. Ein syrisches Kampfflugzeug überflog den Palast zweimal, bevor es ihn bombardierte. Kurz darauf begann der Sturm der syrischen Truppen. Um 7.30 Uhr verließ General Maoun den Palast und erklärte die Kapitulation der Libanesischen Armee um 8.10 Uhr. Seine Bataillone kämpften jedoch weiter und wurden erst drei Tage später von syrischen Truppen überrannt. Von den libanesischen Soldaten, die überlebten, wurden die meisten exekutiert. Besonders brutal agierte eine geheime Spezialeinheit, die unabhängig vom syrischen Militärkommando operierte. Ob Zivilisten oder Verwundete – was an Leben übrig war, wurde per Kopfschuss erledigt.

14. Februar 2005
19.46 Uhr
Gathani-Gebäude, 5. Stock, Appartement A
Beirut

Nach Olafs Anruf hat der *Globo*-Korrespondent zuerst Post beantwortet. E-Mails von Zeitungen aus der Schweiz und aus Österreich. Sie wollten aktuelle Geschichten und eine große Hintergrundreportage für Sonntag. Steinbacher schickt ihnen seinen *Globo*-Artikel. Mit dem gleichen Anschreiben, zuerst nach Zürich, dann nach Wien.

Feierabend! Jetzt schnell zum Einkaufen. Japanisch hatten sie erst am Samstagabend gehabt. Sushi Royal, die große Kombi, extra zwei California Maki und eine Thunfisch Maki.
Steinbacher will nicht schon wieder bei einem Lieferservice bestellen. Er weiß aber noch nicht, was er am Valentinstag kochen wird.
Unten beim Friseur sitzen sie dicht gedrängt wie Heringe. Acht Freunde, Brüder und Cousins, alle aus dem sechsstöckigen Wohnhaus in der Sidani-Straße, eingequetscht auf zehn Quadratmetern, alle Augen auf den Fernseher gerichtet. Stehend dazwischen Gastgeber Imad, der ursprünglich Klempner war und nur Friseur wurde, weil er den Laden günstig kaufen konnte.
Das Programm ist spannender als jedes Fußballendspiel. Sondersendungen, Analysen, Interviews, Meldungen. Zwei Moderatoren stehen vor einem überlebensgroßen Porträt Hariris. Über der linken Bildecke ein schwarzer Trauerflor. Der Sender »Zukunft«, den Hariri 1993 gegründet hat, ist eine Pflicht für alle Sunniten. Zumindest heute, an diesem Tag, an dem es gilt, Solidarität zu zeigen. Die Bombe und Hariris Tod machen das Unmögliche möglich. Die ganze Welt spricht vom Herrn Libanon, dem Helden des Wiederaufbaus, dem Märtyrer. Gestern hatte alles noch anders geklungen.
– Ein raffgieriger Kerl, der daran Schuld ist, dass es mit dem Libanon nicht aufwärts geht, hat Imad gesagt. Sein Onkel Sami hatte »schmutziger Blutsauger« hinzugefügt.
– Sie stiften Moscheen, Krankenhäuser und geben sich als Wohltäter aus. Aber das Geld haben sie vorher anderen aus der Tasche gezogen.
Heute ist Sami aber nichts Negatives über Hariri zu entlocken, denn eine neue Zeitrechnung hat begonnen,

wie er behauptet. Er trägt das weiße T-Shirt, das er seit Wochen anhat. Dazu seine blaue Trainingshose, nicht weniger verschmuddelt, und seine Ganzjahressandalen. Sami ist Steinbachers Vermieter und besitzt noch zwei weitere Wohnungen im Haus. Eine davon im vierten Stock: 130 Quadratmeter, die für seine 46 Katzen vorbehalten sind. Er selbst wohnt in einem kleinen Zwei-Zimmer-Appartement im zweiten Stock. Sein Bett dort ist noch originalverpackt. Sami hat sich an die Plastiküberzüge gewöhnt. So müsse er nicht waschen, was ohne Ehefrau wichtig sei.

Steinbacher geht zum Smith-Supermarkt hoch. In der Fleischabteilung hat er schnell entschieden: Rinderfilet oder Solomillo, wie seine Frau auf Spanisch dazu sagt. Mit frischen Champignons in Sahnesoße, Rucola-Salat mit Tomaten, Walnüssen und dünnen Apfelscheiben darin. Als Wein nimmt er einen Kouroum Syrah 2003.

– Ideal als Begleitung zu allen Sorten von rotem Fleisch …, sagte der Verkäufer. Ein wirklich hervorragender Wein. Für 15 Dollar sollte er das auch. Als Nachspeise packt Steinbacher eine Ananas in den Einkaufswagen.

14. Februar 2005
20.14 Uhr
Hotel Commodore
Beirut

Ismail liegt wie ein Toter im Bett. Nicht einmal die Schuhe hat er ausgezogen. In der rechten Hand das Handy. Der Fernseher läuft. Die tödliche Spritze beginnt schneller zu wirken als gedacht. Zuerst ein matschiges Gefühl im Kopf, das mehr und mehr zu einem dicken Nebel wird. Er merkt, wie er in die Bewusstlosigkeit abtaucht

und sich nicht dagegen wehren kann. Gleichzeitig setzt die Lähmung der Arme und Beine ein. Der Kopf wird tonnenschwer. Es folgt Atemnot, als würde ihm jemand die Gurgel zudrücken. Immer fester, immer fester. Unmöglich, nur einen Hauch Luft zu schnappen. Ist das das Ende?
Ismail reibt sich mit den Händen über das Gesicht, als müsse er seinen Blick frei bekommen. Was für ein idiotischer Traum, denkt er kopfschüttelnd. Jetzt bemerkt er, wie dringend er auf die Toilette muss.

14. Februar 2005
20.15 Uhr
Hauptgebäude der Nationalen Sicherheit
Beirut

Taysir Abu Adas, seine Frau und die beiden Töchter werden gemeinsam von zwei Beamten der Nationalen Sicherheit im Auftrag des leitenden Untersuchungsrichters vernommen. Der Untersuchungsrichter selbst ist beschäftigt. Er verhört seit dem späten Nachmittag insgesamt elf Personen, darunter einige aus der Belegschaft des Hotels St. Stefan, Mitglieder des Sicherheitsteams von Hariri und Augenzeugen der Explosion.
Abu Adas beginnt seine Aussage, wie er es sich vorgenommen hat. Er will nichts verschweigen.
– Mein Sohn Ahmed hat vor drei Jahren begonnen, sich intensiv für Religion zu interessieren. Innerhalb einiger Wochen wurde er ein frommer Muslim und hat nach dem Koran gelebt. Vorher war er ein normaler junger Mann, der mit Freunden ausgegangen ist, ins Kino und zu Konzerten. Er hatte auch Mädchen. Und plötzlich ist es damit vorbei.

Einer der Beamten fragt, ob er nie einen Verdacht gehabt habe.

– Nein, ich habe mir nur Gedanken gemacht. Wie jeder Vater eben. Sorgen habe ich mir erst gemacht, als er al-Ubadi im Flüchtlingslager al-Philistine besucht hat. Dieser Scheich will die Ausrottung aller Juden. Und mein Sohn geht bei diesem Kerl, der auch Kämpfer für al-Qaida rekrutiert, ein und aus. Damals habe ich zu meiner Frau gesagt: Nehad, bald haben wir die Polizei im Haus.

Aus den Notizen Klaus Steinbachers

Gestern auf dieser Beerdigung gewesen. In einem Dorf auf dem Land, das ich in meinem ganzen Leben nie mehr wiederfinden würde. Wir saßen auf weißen, wackeligen Plastikstühlen. Die Herren traurig stumm, die Damen ein Meer aus Tränen. In der Mittagshitze schien der Wind in den Zitronenbäumen festzuhängen. Nur die Spatzen piepsten lebendig. Gegen die Sonne hatte man eine große Plastikplane aufgespannt. Es wurden Kaffee, Tee, Süßes und sogar Zigaretten auf dem Tablett gereicht. Keine fünfzig Meter von uns lag die Hauptperson in der Erde, unter einer Lage frischem Beton. Ein paar Blumen drauf. In dieser unerträglichen Mittagshitze, zwischen den Trauernden unter der Plastikplane, den Zitronenbäumen, dachte ich mir plötzlich, was ist, wenn es mit dir selbst zu Ende geht? Da wünschte ich mir nur eins: noch einmal mit dir tanzen. Ein letztes Mal mit dir, mit dem Blick über die Meerenge, im Schatten der Bäume von St. Martin. Du weißt, dort, wo hinter der Mauer die Kinder in ihren Ringen hängen und turnen. Ja, mit dir würde ich ein allerletztes Mal tanzen wollen. Mit dir ganz alleine, all die Jahre langsam hinübernehmen in die andere Welt.

14. Februar 2005
20.25 Uhr
Gathani-Gebäude, 5. Stock, Appartement A
Beirut

Mit seinen gefüllten Taschen steht Steinbacher im Aufzug. Sein Handy läutet, aber im Lift ist die Verbindung weg. Steinbacher bringt seine Einkäufe in die Küche. Er überlegt: Um 20.35 Uhr verlässt sie die Bibliothek. Wenn sie gleich ein Taxi findet, ist sie um 21.00 Uhr zu Hause. Er sieht auf die Uhr: halb neun. Viel Zeit bleibt nicht. Er wäscht das Fleisch, die Champignons und setzt den Broccoli auf den Herd. Als er beginnt, Karotten zu schneiden, läutet sein Handy erneut. Es ist Alberta, die Leiterin der Bibliothek des Instituto Cervantes und die Chefin seiner Frau.
– Ich hätte schon früher angerufen, sagt Alberta. Aber ich habe deine Nummer erst jetzt von Nieves bekommen, die nur abends im Institut unterrichtet. Ich konnte sie vorher nicht erreichen. Um auf den Punkt zu kommen: Ich bin auf der Suche nach deiner Frau.
– Nach meiner Frau? Sie sollte bei dir bei der Arbeit sein. Wie jeden Tag von halb zwei bis halb neun.
– Aber das ist sie nicht. Deshalb rufe ich ja an.
– Ich weiß nur, sie ist heute Mittag aus dem Haus gegangen, um rechtzeitig bei der Arbeit zu sein.
Steinbacher sieht seine Frau vor sich, wie sie ihre Haare im Spiegel kontrolliert und Lippenstift auflegt. Ich habe noch rote Backen, hat sie gesagt, bevor sie durch die Haustür verschwunden ist.

– Wir telefonieren gewöhnlich, bevor sie nach Hause geht. Nur mit dem Bombenanschlag hatte ich viel um die Ohren.
– Ich weiß, du bist Journalist. Aber wo kann sie stecken?
In Steinbacher steigt plötzlich ein Gefühl der Verzweiflung hoch.

14. Februar 2005
22.12 Uhr
Palast des Präsidenten
Baabda, Beirut

Die beiden Vernehmungsbeamten der Familie Abu Adas brauchen nicht lange, um ihre Erkenntnisse auszuwerten und offiziell zu protokollieren. Umgehend leiten sie die Resultate an den Untersuchungsrichter weiter, in dessen Auftrag sie die Vernehmung vor mehreren Zeugen und laufender Videokamera durchgeführt hatten. Der Richter informiert den Direktor des nationalen Sicherheitsdienstes, danach den Chef des militärischen Geheimdienstes. Es folgen vertrauliche Telexe an den staatlichen Geheimdienst, an die Internen Sicherheitskräfte, den Leiter der Beiruter Polizei und das Büro des obersten Staatsanwaltes, der als Einziger eine Kopie des Videobandes über internen Kurierdienst erhält. Zu den Informierten zählt auch der Präsident der Republik.
Émile Lahoud sitzt in seinem Palast auf dem Sofa im Salon. Der Präsident ist in den eigenen vier Wänden ganz lässig: T-Shirt und Shorts, darüber seinen weißen Lieblingsfrotteebademantel. Die Füße mit weißen Sportsocken auf dem Glastisch. In der Hand einen Teller: Hühnchensandwich mit Champignons, Ananasstück-

chen und Mayonnaise. Das Sandwich hat bereits der Koch der Nachtschicht für ihn zubereitet. Dazu ein Whiskey-Cola, mit viel Eis. Genüsslich vor seinem neuen Großbildfernseher, Bilddiagonale 1550 mm, keine drei Monate auf dem Markt. 18 500 Dollar. Der Präsident ist einer der wenigen Libanesen, der an diesem 14. Februar keine TV-Nachrichten sieht. Irgendwann muss Schluss mit der Arbeit sein. Falls etwas Wichtiges passiert, ist er einer der Ersten, den man informiert. Lahoud hat den Film »Der mit dem Wolf tanzt« eingelegt, um den Bildschirm zu testen. Die Wolfschnulze ist einer seiner Lieblingsfilme. Er kann sich darin wiedererkennen: als Politiker wie als Präsident. In diesen Berufen fühlt man sich nicht minder einsam. Verlassen von seiner eigenen und getrennt von anderen Kulturen. Wie der Wolf oder auch der von Kevin Costner gespielte Oberleutnant John Dunbar. Eine lehrreiche Geschichte über Freiheit und Gerechtigkeit. Lahoud stellt den leeren Teller auf den Glastisch, er lehnt sich mit dem Whiskey-Cola in der Hand zufrieden zurück und spürt dabei die Vibration des Handys in seiner Hosentasche.

– Die Nationale Sicherheit, stellt er mit einem Blick auf die Namensanzeige fest. Wie immer im ungünstigsten Moment.

– Ein zweiter Anschlag?, fragt der Präsident. Wer ist es diesmal, mon Général? Hariris Sohn? Lahoud lacht und nimmt einen Schluck Whiskey-Cola.

– Herr Präsident, Sie haben Nerven!

– Also, was hat der Chef der Nationalen Sicherheit dem Präsidenten seines Landes zu so später Stunde noch zu berichten?

– Die Islamisten.

– Die Islamisten, was?

– Wir haben die Familie des jungen Mannes ausfindig gemacht, der sich im Video auf Al Jazeera als Attentäter präsentiert hat. Sie wurde verhört, und es klingt so, als könnte es dieser junge Mann gewesen sein. Wir haben zudem belastendes Material auf seinem Computer gefunden. Eindeutiges Material, Herr Präsident! Es ist einer dieser Fälle, die wir schon häufig beobachten konnten. Die göttliche Bekehrung zum Terrorismus.
– Und Bumm, unterbricht ihn der Präsident mit einem Lachen. Mon Général, ich möchte es kurz machen. Ich habe mir vor vier Tagen einen neuen Flachbildschirm liefern lassen. Nicht billig, verstehen Sie. Erst heute, und fragen Sie mich nicht warum, konnten die Techniker ihn installieren. Ich möchte den Abend mit einem großartigen Film genießen. Als Präsident hat man kaum Gelegenheit für derartig schöne, private Momente. Also verschwenden wir keine Zeit! War es dieser Kerl? Ja oder nein?
– Bisher haben wir nur das Video und das Material von seiner Festplatte.
– Herr General! Ich brauche eine eindeutige Aussage. Ich bin immer noch Präsident, selbst wenn mich die Opposition auf den Mond schießen möchte. Ich kann das Wohlergehen der Nation nicht abgefeimten Lügnern überlassen. Also, war er es, oder war er es nicht?
– Wenn Sie mich so fragen, dann waren es die Islamisten.
– Gut, die Islamisten. Lahoud atmete tief durch. Das ist hieb- und stichfest, Herr General?
– Es sieht danach aus, Herr Präsident.
– Sie müssen sich festlegen. Sieht es nur so aus, oder ist es in der Tat so?
– In der Tat, würde ich sagen, Herr Präsident.
– Neue Freunde bringt uns das nicht.
– Mit Verlaub, Herr Präsident, Islamisten verkaufen sich

schlecht. Selbst wenn sie Hariris Mörder sind, interessiert das keinen. Leider haben wir keine Alternative.
– Was ist mit Israel? Die sind immer verdächtig.
– Soviel ich vom Geheimdienst der Hisbollah hörte, war heute Morgen eine Drohne unterwegs.
– Na, bitte schön! Das ist doch was! Warum haben Sie das nicht gleich gesagt, Herr General! Israel, ich wusste es!
– Nur mit einer einzigen Drohne kann man keine Politik machen. Gerade wenn die Information darüber von der Hisbollah stammt. Wir bräuchten schon Aufklärungsbilder der US-Luftwaffe. Am besten mit einer israelischen Drohne, die eine Rakete auf Hariris Konvoi abschießt. Alles andere ist vergebliche Liebesmühe! Man will einfach an den Täter Syrien glauben. Und Glaube versetzt bekanntlich Berge, Herr Präsident. Dagegen kommen wir nicht an.
– Alles von der Opposition gesteuert, aber was können wir dagegen tun?
– Wir folgen den Ermittlungsergebnissen, und die sagen bisher: Islamisten.
– Nun gut, was soll man machen? Islamisten sind die Attentäter. Dann bitte keine weiteren Störungen. Wir sprechen uns morgen, mon Général. Out und over.
Lahoud schaltet das Handy aus und legt es verärgert beiseite. Auf dem Sofa versucht er, die bequeme Position von vorher zu finden. Seine Frau, ebenfalls in einem weißen Bademantel, setzt sich zu ihm.
– Hast du gehört, mein Schatz, sagt Lahoud. Die Islamisten waren es!
– Weiß ich doch schon. Ich habe im Jacuzzi ferngesehen. Irgendwas mit Heiliger Krieg und so. Dann hat jemand Autoreifen angezündet und irgendwen verprügelt.

14. Februar 2005
21.50 Uhr
Gathani-Gebäude, 5. Stock, Appartement A
Beirut

Steinbacher telefoniert mit Freunden, Freunden von Freunden, Bekannten, Arbeitskollegen, Restaurants, in denen sie einmal beim Essen gewesen waren. Sogar zwei Bars, ein Kino und einen Konzertschuppen ruft er an. Doch niemand hat sie gesehen.

Bei der Polizei sagt man ihm: Geben Sie eine Vermisstenanzeige auf. Sie können froh sein, dass wir keine Informationen über Ihre Frau haben. Nicht eingesperrt und keine Leiche auf diesen Namen.

Steinbacher glaubt, Spott in der Stimme des Polizisten zu erkennen. Für den ist die Geschichte eine amüsante Abwechslung: Frau setzt ihrem Ehemann die Hörner auf. Kein Wunder bei Europäerinnen, die für ihre Freizügigkeit bekannt sind.

Arschloch! Steinbacher hängt mitten im Gespräch auf, um weiter im Salon auf und ab zu laufen. Vom Sofa zum Esstisch, vom Esstisch zum Sofa. Am Schiebefenster vorbei, mit dem Ausblick auf das rote Plastikkreuz der Kirche vor dem Haus, dahinter die neongrün leuchtende Sichel der Moschee und die Positionslichter der Flugzeuge im Landeanflug. Steinbacher durchwühlt ihren Arbeitstisch zum vierten Mal, um doch noch einen Anhaltspunkt zu finden. Er zieht sogar einen Liebhaber in Betracht. Nach über einer Stunde hält es Steinbacher zu Hause nicht mehr aus. Er hat nur eine einzige plausible Erklärung parat: Als sie heute zehn oder fünfzehn Minuten vor eins ein Taxi genommen hat, muss es am Hotel St. Stefan vorbeigefahren sein. Das ist der kürzeste Weg zur Bibliothek.

14. Februar 2005
23.25 Uhr
Amerikanisches Krankenhaus
Beirut

– Nein, nein, eine Frau mit diesem Namen haben wir nicht. Da bin ich mir ganz sicher! Wir haben keine Spanierin! Lassen Sie mich bitte weiterarbeiten. Sie sehen doch, was hier los ist!
Der Gang der Notaufnahme ist mit Krankenbetten vollgestellt.
– Alle halbtot, denkt Steinbacher, wie die apathisch, ja völlig weggetreten in ihren Betten liegen. Dick bandagiert und unzählige Kanülen in den Adern. Manche Betten sind besudelt mit Blutflecken. Ein Gewühl des Elends, durch das gestresstes Pflegepersonal auf und ab rennt. Steinbacher beobachtet einen älteren Mann, der mit dem Gesicht zur Wand gelehnt steht und weint. Gegenüber beim Kaffeeautomaten zwei Frauen, die sich in den Armen liegen. Steinbacher steht vor der Rezeption der Notaufnahme und wird von der Menge ganz weggedrängt. Verzweifelte Menschen wie er, die auf der Suche nach ihren Angehörigen sind. Steinbacher fühlt sich hilflos und im Stich gelassen. Erleichtert ist er, dass seine Frau nicht in einem der Betten liegt. Mit einem Bein weniger oder mit verbranntem Gesicht, wie so viele hier. Dafür ist die Ungewissheit noch größer.
Vor dem Behandlungsraum 3 der Notaufnahme erkennt Steinbacher Dr. Mazen Baway, den diensthabenden Arzt und Leiter des Krankenhauses. Ihn hat er einige Male interviewt. Zuletzt vor zwei Monaten über ein medizinisches Hilfsprojekt in den palästinensischen Flüchtlingslagern Beiruts.
– Ach, der deutsche Journalist, begrüßt ihn Dr. Baway.

Beruflich hier oder wollen Sie sich freiwillig melden? Wie Sie sehen, können wir jede Hilfe gebrauchen.
– Weder das eine noch das andere. Ich suche meine Frau, erwidert Steinbacher mit ernstem Gesicht.
– Wir haben hier nur Opfer des Hariri-Attentats.
– Ich weiß, sagt Steinbacher.
Der Arzt mustert ihn ungläubig. Haben Sie Schwester Miriam an der Rezeption gefragt? Sie führt die Liste der eingelieferten Patienten.
– Ja, aber sie konnte mir nicht weiterhelfen.
– Das tut mir leid. Dann scheint Ihre Frau wirklich nicht bei uns zu sein, wenn sie nicht in den Unterlagen auftaucht.
Ein herbeieilender Pfleger unterbricht.
– Herr Doktor, Sie werden dringend gebraucht. Es ist die Frau mit dem verbrannten Rücken und Rippenfrakturen.
Dr. Baway nickt kurz. Bin gleich da.
Im Losgehen verspricht er Steinbacher, dessen aschfahles Gesicht bei ihm Mitgefühl erweckt: Ich werde mich noch einmal persönlich darum kümmern. Sie können sich auf mich verlassen.
Der *Globo*-Korrespondent blickt dem Arzt nach, wie er im Laufschritt, mit beiden Händen in den Seitentaschen des Kittels, davoneilt. Steinbacher schluckt schwer. Da ist wieder der Schmerz, tief im Innern. Ihm ist zum Heulen zumute.

15. Februar 2005
00.30 Uhr
Vor dem Hotel St. Stefan
Beirut

Das Gelände ist abgeriegelt. Soldaten stehen an den Absperrgittern. Nach wie vor sprudelt Wasser aus geborstenen Leitungen. Wenn man genau hinhört, nimmt man ein leichtes Zischen wahr. Scheinwerferlicht spiegelt sich im bis obenhin mit Wasser gefüllten Bombenkrater. Zwei Kamerateams sind damit beschäftigt, den Tatort abzufilmen. Jedes Wrack der Wagenkolonne Hariris trägt eine Nummer und wird von allen Seiten gefilmt. Teile eines weißen Toyota-Transporters werden in das Wasser des Kraters geworfen. Zwei Fotografen der Polizei machen davon Bilder. Zwanzig Minuten später fahren zwei Abschleppwagen vor, die alle sechs Fahrzeuge aufladen. Dazu einen schwarzen BMW, der nicht zu Hariris Begleitwagen gehört. Auf dessen Rücksitz liegen zwei CDs, die sich einer der Fahrer einschiebt. Laut dröhnt Hip-Hop über das Gelände, als die Abschleppwagen abfahren.

– Ridin' in my car, and I'm listening to the radio. I'm listening to a sad girl sing, sing about how she got her heart broke.

Snoop Dogg, erkennt Steinbacher, der vom Krankenhaus zu Fuß an den Tatort gegangen ist. Er steht bei den vielen Schaulustigen, die sich nur aus der Ferne den Platz ansehen können, an dem Rafik Hariri gestorben ist. Betroffenheit und Ausflugsstimmung. Blumen und Fotos in der Nähe der HSBC-Bank, Posen vor der Bombenszenerie fürs Handyfoto.

Steinbacher hält sich abseits vom Trubel. Er versucht, das Taxi hinter der Absperrung zu entdecken, das er heute Mittag gesehen hat. Darin könnte seine Frau gesessen haben. Er denkt an den heutigen Morgen zurück, als er ihr das Kleid aufgeknöpft und sie ins Schlafzimmer getragen hat.

Vergebens späht Steinbacher nach dem umgestürzten Taxi. Anscheinend ist es ebenfalls schon abtransportiert worden. Er lehnt sich über das Absperrgitter und wird

von einem Soldaten zurechtgewiesen, der sein M16-Gewehr dabei fester in die Hand nimmt.
Steinbacher geht ein Stück weiter. Ein Bulldozer fährt ins Scheinwerferlicht und beginnt den Bombenkrater zu füllen. Er wird nach kurzer Zeit von einem Soldaten gestoppt, der mit einem Papier in der Hand zur Fahrerkabine hochsteigt.

Zu Hause ruft Steinbacher die Schwester seiner Frau an. Sie will unbedingt die nächste Maschine nehmen.
– So zu verschwinden, das ist nicht meine Schwester, sagt sie verschlafen, aber beunruhigt.
– Ich weiß, erwidert Steinbacher. Er setzt sich auf den Balkon. Alleine mit einer halben Flasche Whiskey, dem roten Plastikkreuz der Kirche und dem neongrünen Halbmond von der Moschee dahinter.

15. Februar 2005
08.25 Uhr
Haus Mohammed
Bekaa-Tal

Ismail kennt das Prozedere. Mit dem Wagen in die Tiefgarage, warten, bis die Wachen mit den Gewehren im Anschlag Zeichen zum Aussteigen geben. Kontrolle Kofferraum und Autoinneres, Abtasten der Insassen. Mohammed hat ihnen das so eingebläut. Sicherheitsprotokoll nennt man das, Jungs! Egal wer und wie oft jemand an einem Tag schon gekommen ist. Ihr wollt doch noch eine Weile am Leben bleiben?
Selbst Nabil wird untersucht, der Mohammeds rechte Hand ist und Ismail in Beirut abgeholt hat.
Okay, sagt Shakir. Er tritt mit seinen Füßen unentwegt

auf der Stelle. Seine Pupillen sind viel zu groß, selbst für die Tiefgarage. Er und sein Wachkollege Jussef tragen schusssichere Westen, an denen Granaten baumeln. Ihre Gewehre sind vom Typ M16 mit Granatenwerfern. Im Halfter um die Hüfte haben sie Colts Python stecken. Ein Klassiker, den die New Yorker Polizei einmal benutzt hat. Elvis Presley, aber auch richtige Könige haben sie gesammelt. Ismail ist die Python bei seinem letzten Aufenthalt im Oktober aufgefallen. Shakir hatte die Kugeln rausgenommen, bevor er Ismail den Colt in die Hand gab. Kenn dich doch nicht, hatte er unfreundlich gesagt. Jetzt deutet Shakir die Treppe hoch.

– Ihr kennt den Weg. Und Mohammed lässt ausrichten, er kommt gleich. Ist mit Isam auf Patrouille.

Ismail und Nabil müssen in den fünften Stock. Einen Aufzug gibt es nicht. Das ganze Haus steht im Rohbau, außer der obersten Etage, in der Mohammed mit seiner Familie wohnt. Er hat genug Geld, um daraus ein Luxusanwesen zu machen. Aber er verzichtet auf Aufmerksamkeit. Ismail und Nabil werden von Salima, Mohammeds Frau, empfangen und bekommen einen Kaffee. Vor dem Küchenfenster die große Terrasse, von der man die ganze Ebene überblickt. An vier Eckpfeilern sind Suchscheinwerfer angebracht. Ein 14,5-mm-Maschinengewehr und ein MK-19-Granatwerfer stehen unter braunen Abdeckplanen auf dem Dach. Sie sind auf fahrbaren Untersätzen montiert, für die es an allen vier Seiten des Dachs Einrastevorrichtungen gibt.

15. Februar 2005
08.55 Uhr
Telefongespräch
Abu Taleb Nassar – Mohammed Miktari

– Ist er schon bei dir angekommen?
– Er muss eigentlich schon bei mir sein. Er ist heute um 7 Uhr im Hotel abgeholt worden. Ich bin noch auf meiner Kontrolltour.
– Mohammed, du passt mir auf den Jungen auf und tust, was er sagt. Er weiß, wie man so etwas durchzieht.
– Du kannst dich auf mich verlassen, Abu Taleb.
– Und wir bleiben beim Plan. Hast du verstanden?
– Ich habe dir schon gesagt, entgegnet Mohammed, Nabil kommt nicht in Frage. Das ist mein bester Mann. So einen findet man nicht so leicht.
– Ich will nicht diskutieren. Diese Entscheidung ist mir genauso unsympathisch wie dir, aber sie liegt nicht in meiner Hand und noch weniger in deiner.
– Okay, okay. Beruhige dich.
– Du bringst mich sonst auch noch in Schwierigkeiten. Und das wollen wir nicht, oder?
Mohammed antwortet nicht.
Abu Taleb wiederholt, diesmal laut und Wort für Wort.
– WIR – WOLLEN – BEIDE – KEINE – SCHWIERIGKEITEN?
– Ja, ja. Es geht alles wie geplant.
– Gut, dann bin ich zufrieden. Also, macht euch gleich an die Arbeit. Wenn ihr noch etwas braucht, melde dich einfach.

15. Februar 2005
09.04 Uhr
Haus Mohammed
Bekaa-Tal

– Draußen alles in Ordnung, sagt Mohammed zu Nabil, bevor er Ismail mit drei Küssen und Umarmungen begrüßt.
– Schön, dich wieder hier zu haben. Habe mich gefreut, als Abu Taleb von dem neuen Job gesprochen hat. Ich habe gewusst, du würdest auch mit von der Partie sein.
– Ja, es ist gut, hier zu sein, antwortet Ismail.
Mohammed legt seine M16 aufs Küchensofa. Seine Kinder, ein fünfjähriger Junge und eine zwei Jahre alte Tochter, fangen damit zu spielen an.
– Ich merke, ich bin wieder im Bekaa-Tal, sagt Ismail beim Blick auf die Kinder und das Gewehr. Aber das muss ich dir lassen, Mohammed, mit deiner Camouflage siehst du schick aus! So habe ich dich noch nie gesehen. Fast wie ein Offizier der Internen Sicherheitskräfte.
– Da würde ich schlecht hinpassen, erklärt Mohammed fast genervt. Komm, wir fangen mit der Arbeit an. Er nimmt einen Stapel Papiere von der Küchenkommode. Hier haben wir unsere Freunde. Es sind vier. Du hast sie schon gesehen, Ismail. Was hältst du von der Reihenfolge?
– Finde ich okay. Zuerst die kleinen. So bleibt Zeit, sich die dickeren Brocken genauer anzusehen.
– Hier haben wir Mokhtar Sleiman. Gegen 21 Uhr aus dem Haus, zuerst Stammcafé, später Stammkneipe. Danach weiß man nicht so recht. Selten nach Hause, ansonsten in eine Bar, Disco, Puff. Heute, an einem Diens-

tag, tippe ich auf zu Hause. Wir schnappen ihn uns nach der Kneipe. Ich dachte an eine Überdosis. Das passt zu dem Typen.
– Und die Leiche?, fragt Ismail.
– Auf die Müllkippe.
– Wo?
– Saida. Der qualmende Müllberg am Meer.
– Da müssen wir fast ein halbe Stunde fahren, überlegt Ismail. Mit der Leiche im Auto. Zu viel Risiko. Warum lassen wir ihn nicht bei einer Unterführung, einem Autobahn- oder Schnellstraßenkreuz? Einem dieser verlausten Plätze. Dienstagnacht ist ruhig. Wir ziehen ihm die Schuhe aus und nehmen ihm sonst noch alles ab, was Wert hat.
– Klingt gut, sagt Mohammed.
Nabil schweigt. Sein Blick ist teilnahmslos, als würde ihn das nichts angehen. Er hat nichts zu sagen.
– Was machen wir mit diesem Zakaria ... Ismail muss auf dem Steckbrief nachlesen ... Kaddoura?
– Da bleibt nicht viel übrig, meint Mohammed. Den müssen wir uns am besten greifen, wenn er Mama besucht. Das ist sein einziges fixes Date. Und das wäre morgen.
– Wie lange dauert das bei Mama?, fragt Ismail.
– Höchstens bis 22 Uhr. Mama ist nicht mehr so rüstig.
– Wie machen wir das Muttersöhnchen?
– Einfach eine Kugel in den Kopf. Bei dem langweiligen Typen kam mir keine bessere Idee, gesteht Mohammed schulterzuckend.
– Habt ihr Insulin da?
– Gute Idee, Ismail. Herzinfarkt hatten wir letztes Mal. Insulin haben wir bestimmt noch.
Nabil guckt fragend.
– Mit Insulin kann er nichts anfangen, sagt ein grinsender Mohammed.

– Insulin ist ein Körperhormon, das Zucker aus dem Blutkreislauf in die Zellen bringt, erklärt Ismail mit einem Professorenton. Das Insulin wird von der Bauchspeicheldrüse produziert. Von außen zugeführtes Insulin erzeugt einen niedrigen Blutzuckerwert und führt zur Unterversorgung von Zellen, auch denen des Gehirns und Herzmuskels. In unserem Fall führt das zum Tod. Nach vier Stunden sind alle Spuren abgebaut.
– Klasse, sagt Nabil. Das muss ich mir merken.
– Und nun zum Teil, der weniger einfach ist, fährt Mohammed fort. Gegen Semtex am Auto hast du ja nichts einzuwenden. Wir haben noch ein Magnetei vom letzten Mal.
– Da müssen aber einige Gramm mehr rein, betont Ismail. Dieses Mal können wir uns nicht erlauben, dass einer überlebt. Wir brauchen sie mausetot.
Mohammed nickt.
– Ist so gut wie geschehen. Das gibt einen richtigen Rumms. Das Auto wird wie von Geisterhand vom Boden abheben.
Mohammed lacht.
– Die Frage ist nur, mit Zeitzünder oder live.
– Wir haben keine Wahl, antwortet Ismail. Wir müssen live dabei sein, um sicherzugehen, dass alle beide im Auto sitzen. Können wir uns in Haret Hreik nachts bewegen, ohne entdeckt zu werden?
– Ich denke schon, wenn wir uns dort nicht lange aufhalten. Ins Paket legen wir auch ein GPS, das macht die Sache leichter.
– Wir brauchen noch einen Wagen, Mohammed. Er muss in kurzer Zeit zu Fuß erreichbar sein und uns notfalls abholen können. Diesen Majid Annan und seinen Kumpel Musa möchte ich mir vorher noch angucken, bestimmt Ismail weiter.

Mohammed passt das nicht, aber er nickt trotzdem. Ismail ist der Boss, wie Abu Taleb ihm gesagt hat.
– So, jetzt gibt es ein zweites Frühstück, kündigt Mohammed an. Ich habe richtigen Hunger. Danach bringen wir dich in dein Quartier. Nachmittags geht's nach Beirut, in unseren kleinen Unterschlupf. Eine neue Location, Ismail. Großes Wohnhaus, Tiefgarage, sehr anonym. Alles Notwendige ist dort schon gebunkert. Das Insulin werde ich mitnehmen. Neue Waffen gibt es auch. Ich habe Glock-19-Pistolen. Hoffe, du kannst damit leben.
Ismail nickt anerkennend. Fünfzehn Schuss?
– Ja, die Standardversion, antwortet Mohammed. Kommen aus dem Irak. Die Amerikaner haben sie für die Polizei gekauft und nun sind 190 000 Stück auf mysteriöse Weise verschwunden. Diese Pistolen gibt es im Libanon gerade wie Sand am Meer.
Samila kommt in die Küche, setzt Wasser für Tee und Kaffee auf, stellt Manaisch, mit Schafskäse und einige mit Hackfleisch gefüllt, in den Ofen. Aus dem Kühlschrank stellt sie Oliven, Tomaten und Laban auf den Tisch.

15. Februar 2005
09.47 Uhr
Gathani-Gebäude, 5. Stock, Appartement A
Beirut

Steinbacher war kurz vor drei Uhr ins Bett gefallen. Vor Müdigkeit und Trunkenheit. Er hat noch eine zweite Whiskey-Flasche geöffnet. Trotzdem ist er mehrfach aufgewacht. Seine Frau, die Stadt Tanger und Hariri haben ihn nicht schlafen lassen. Er war auf dem Sofa im Wohnzimmer liegen geblieben. Alleine im Bett, das hätte er

nicht ertragen. Er braucht ihren warmen Körper neben sich.
Nun macht er Kaffee. Leicht taumelnd, mit halb geschlossenem rechten Auge, wie ein Pirat auf hoher See, mit bleiernem Mund und Kater. Durch das Küchenfenster kommt das Licht der Morgensonne, das den malträtierten Schädel zusätzlich schmerzen lässt. Steinbacher hört sie plötzlich über den Gang rufen: Tausche Frühstück im Bett gegen Sex-Service. Kaffee, Toast mit Olivenöl und Tomaten, bitte schön! Das Brodeln der Espressomaschine reißt Steinbacher aus der Erinnerung. Heute ist er allein mit seiner alten Katze, die in der Küche sitzt und miauend Futter fordert.
Nach einer Tasse Kaffee und lustlosen Bissen an einem La-Vache-qui-rit-Käsebrot steht Steinbacher unter der Dusche. Er fühlt sich elend. Das warme Wasser ändert daran nichts.
Um 10.08 Uhr vibriert das Handy. Am Apparat Dr. Baway, der Leiter des Amerikanischen Krankenhauses.
– Sie sind doch der deutsche Journalist, der gestern Abend bei mir war? Ich wusste nicht, ob ich die richtige Visitenkarte genommen habe. Entschuldigen Sie! Ich habe keine guten Nachrichten für Sie. Wir haben Ihre Frau gefunden. Man sagte mir, sie sei in einem Taxi gewesen. Die Passagiere wurden zuerst nicht in die Opferliste aufgenommen. Deshalb konnten wir Ihnen gestern keine Auskunft geben. Das tut mir aufrichtig leid.
– Sie ist also …
– Ja, sie wurde bei dem Anschlag getötet.
Steinbacher legt auf. Er sieht jetzt das Taxi vor sich, dem er nur kurze Bedeutung geschenkt hatte. Es war auf dem Dach gelegen, mit durchlöcherter Karosserie. Er setzt sich auf den Rand der Wanne. Von seinen Haaren tropft Wasser auf das Handy.

15. Februar 2005
10.21 Uhr
Fernsehsender »Zukunft«
Aktuelle Nachrichten

Guten Morgen, meine Damen und Herren, begrüßt die Moderatorin die Zuschauer.
– Das Oppositionsbündnis gab in einer Pressemitteilung bekannt, dass es die offizielle Version eines Selbstmordanschlags mit Hilfe einer Autobombe bezweifelt. Es würden Zeugenaussagen vorliegen, nach denen letzte Woche ausgiebige Bauarbeiten am Tatort stattgefunden hätten.
– Ein deutlicher Hinweis, dass Sprengstoff unter der Fahrbahn versteckt wurde, spricht Drusenvertreter Wali Talboun ins Mikrofon des Senders. Es ist klar, Bauarbeiten dieses Ausmaßes können nicht unbemerkt vor sich gehen. Die libanesischen und syrischen Sicherheitsorgane müssen Bescheid gewusst haben und sind letztlich dafür verantwortlich, was passiert ist. Keine Frage.
– Halten Sie es für möglich, dass die Bombe unterirdisch gezündet wurde?, fragt die Moderatorin.
– Es ist beinahe unmöglich, eine derart große Menge Sprengstoff in einem Auto zu transportieren, antwortet Talboun. Aus diesem ungewöhnlich hohen Maß an Zerstörung schließen die Experten, dass 2500 Kilogramm TNT verwendet wurden. Kann man so eine Menge einfach in einem Auto unbemerkt spazieren fahren? Wir werden morgen sehen, was die libanesische Öffentlichkeit denkt, wenn der große Hariri und seine Begleiter beerdigt werden.
Die Moderatorin fährt mit den Nachrichten fort.
– In weiten Teilen des Landes fanden erneut spontane Demonstrationen statt, bei denen gegen die amtierende

Regierung und Syrien protestiert wurde. Fotos von Präsident Lahoud und seinem syrischen Amtskollegen Assad wurden verbrannt. Es kam auch zu einigen gewalttätigen Szenen. Syrische Gastarbeiter wurden erneut angegriffen und verprügelt. Am Busbahnhof von Charles Helou in Beirut musste die Polizei eingreifen, um größere Zwischenfälle zu vermeiden.

15. Februar 2005
10.58 Uhr
Amerikanisches Krankenhaus
Beirut

Dr. Baway lässt sich die Ankunft des deutschen Journalisten von der Schwester an der Rezeption melden und kommt dann persönlich. Er übergibt Steinbacher den Totenschein und die Papiere für die Überführung.
– Sie können sie jederzeit abholen lassen. Ich nehme an, Sie machen das in Zusammenarbeit mit der Botschaft. Hier und hier. Der Chefarzt deutet mit dem Finger auf zwei Blätter.
Danach gibt er Steinbacher an einen Assistenzarzt, der Deutsch spricht. Der junge Mann begleitet Steinbacher in den Keller, lässt ihn höflich vorausgehen, öffnet und schließt Türen und tritt rücksichtsvoll in den Hintergrund, damit er mit der Toten alleine bleiben kann. Ein Raum, den das Krankenhaus angesichts der vielen Opfer extra eingerichtet hat. Steinbacher kennt die kollektiven Kühlschränke libanesischer Krankenhäuser, in denen die Leichen kreuz und quer auf dem Fußboden liegen.
Da liegt sie nun. Unter einem weißen Tuch, das bis zu den Schultern reicht. Ohne ihre roten Granatohrringe, die wohl in dem Beutel sein müssen, den man ihm vor-

her gegeben und den er noch nicht zu öffnen gewagt hat. Der Traum seines Lebens liegt vor ihm, tot, warum hat es ausgerechnet sie getroffen? Dieser Schmerz fühlt sich an, als flösse das Elend der gesamten Welt durch seine Adern und würde sein Herz zerreißen. Wie viele Leichen hatte er schon gesehen? Ein Dutzend, mehrere Dutzend? Nein, Hunderte. Verbuddelt, vermodert, durchlöchert, zerfetzt, mit Maden, aufgequollenen Bäuchen, aus dem Wasser gefischt mit abgezogener Haut, ganz und gar verbrannt. Und so viele Angehörige, die weinten, klagten, sich vor Schmerz krümmten, die Welt nicht mehr verstanden und sich, wie er jetzt, gefragt haben: warum, warum ausgerechnet ich und meine Tochter, mein Sohn, meine Mutter, mein Vater, die Großeltern, mein Mann oder eben meine Frau? Es war bisher immer das Leid der anderen gewesen.

Irgendwann sagt der Assistenzarzt: Wir müssen jetzt, und nimmt Steinbacher am Arm mit hinaus. Die Hand am Arm verschwindet erst am Eingang.

– Hier geht es hinaus, Herr Steinbacher. Rechts runter! Dort finden Sie auch Taxis, die Sie nach Hause bringen. Noch einmal, mein aufrichtiges Beileid!

15. Februar 2005
14.35 Uhr
12. Stock, Penthouse 2, Mahdi-Gebäude
Beirut

Die Jalousien des Salons des Penthouses sind geschlossen. Neben dem offenen Kamin steht ein großer Tisch mit mehreren 27-Zoll-Monitoren, PCs und Laptops. Verschiedene Kabel führen über den Kamin zum Dach, auf dem vier Satellitenantennen festgemacht sind. Vor ei-

nem der Bildschirme sitzt Abdul, der in seinem gepolsterten Drehstuhl eingeschlafen ist. Eine alte Zigarette qualmt in einem der überfüllten Aschenbecher. Daneben leere Mekka-Cola-Dosen, Wasserflaschen und schmutzige Espresso-Tassen. Im Abfalleimer Reste von Hackfleischpizza, Lahme bi Ajeen, und eine kleine Plastikschachtel mit Hummusresten. Durch die Tür zur Terrasse fallen Sonnenstrahlen. Das Licht zeigt eine ansonsten leere Wohnung ohne Möbel. Der Boden ist mit braunen Fliesen belegt. Gegenlicht kommt über den Flur aus der Küche, deren Fenster und Balkontür nicht abgedunkelt sind. Ein Computer gibt plötzlich ein Piepsignal. Abdul wacht auf und bewegt die Maus, um den Bildschirmschoner zu deaktivieren.
De/Encryption finished!
Abdul drückt OK und wartet, bis sich ein neues Fenster öffnet. Dann auf Play und Film ab! Nach einigen Sekunden fährt er den Cursor an der Bildunterleiste drei, vier Minuten weiter. Das Video setzt wieder ein.
Abdul nimmt sein Handy und drückt die Wahlwiederholung. Es läutet zwei Mal.
– Hussein, ist fertig und funktioniert. Alles zu sehen, kaum Störungen.
– Und? Sag schon?
– Wie wir vermuteten. Wir haben die Signale der Drohne erwischt, die gestern Vormittag den Konvoi von Hariri aufgezeichnet hat. Die Verschlüsselung war nicht so kompliziert, wie wir dachten.
– Und die Explosion?, fragt Hussein.
– Warte mal. Abdul fährt den Cursor nach vorne. Einen Moment, sagt er ins Handy. Ja, hier ist es. Die Kolonne ist unterwegs und dann macht es Bumm. Feuer, Rauch steigt auf.
– Siehst du etwas von einer Rakete?

– Auf den ersten Blick nicht. Da muss ich dich enttäuschen. Irgendetwas flutscht hier vorbei, sagt Abdul und macht eine Pause. Aber ich sehe nichts Genaues. Vielleicht eine Bildstörung. Das muss ich in Superzeitlupe ansehen und vergrößern. Bild für Bild. Es kommt auf die Position der Drohne und die Kameraperspektive an. Kann auch etwas dazwischengekommen sein.
– Was soll da dazwischengekommen sein?
– Na ja, ein Gebäude, eine Antenne zum Beispiel.
– Sei nicht so pessimistisch. Mach dich an die Arbeit.
– Ich bin weder Pessimist, noch muss ich mich an die Arbeit machen. Ich habe meinen Sessel seit 48 Stunden nicht verlassen. Ich denke schon wie eine Drohne und bald fang ich an, wie eine zu fliegen, wenn das so weitergeht.
– Abdul! Gott wird dir für deine Mühen danken! Melde dich, sobald du etwas herausgefunden hast.
– Mit Gottes Hilfe ganz sicher!

15. Februar 2005
17.35 Uhr
Amathi-Residenz, Appartement 14 F
Beirut

Ismail, Mohammed und Nabil sind im kleinen Unterschlupf in Beirut. Ismail freundet sich gerade mit seiner Glock 19 an. Magazin raus und rein, durchladen, zielen.
– Liegt doch super in der Hand, sagt Mohammed. Macht große Löcher. Ein Eindruck, auf den man nicht verzichten will. Mohammed grinst, als hätte er einen Witz gemacht.

– Die beste Pistole, die ich kenne, antwortet Ismail. 9 mm, Parabellum. Man kann sie nur lieben. Delta Force, Army Rangers und GSG 9 wissen warum.
Ismail nimmt eine Kugel aus dem 15-Schuss-Magazin.
– Damit sie nicht klemmt. Reinigen sollte man sie auch.
– Übertreib nicht, Ismail! Andere Knarren mögen bei vollem Magazin Ladehemmung haben, aber nicht die Glock. Selbst nach 25 Sandstürmen gibt es höchstens ein Staubwölkchen, wenn du abdrückst. Ismail, du bist und bleibst einfach ein abgewichster Soldat. Mohammed lacht.
Ismail hält die Glock weiter in der Hand und betrachtet sie.
– Ich habe früher auch eine besessen. Sie hat den Bürgerkrieg überdauert. Immer an meiner Seite, sogar im Bett. Das war allerdings eine Glock 17. Relativ modern damals. Heute gilt sie als Klassiker. Wirklich sehr zuverlässig, sagt Ismail nachdenklich und sieht das runde Gesicht des Telefonladenbesitzers aus der Sadat-Straße vor sich. Dann den Präsidentenpalast, General Maoun, den Sturm der syrischen Soldaten, Schreie, Schüsse, Menschen, die um ihr Leben laufen. Eine Gruppe wird zusammengetrieben und exekutiert. Mittendrin im Chaos Ismail als Anführer einer 50 Mann starken Spezialeinheit. Gelände durchkämmen und säubern, hatte Ismail als Offizier seinen Kameraden befohlen. Wer noch zuckt, ist fällig. Je weniger Überlebende, desto besser! Es gibt hier keine Zivilisten. Ihr wisst alle, wer sich hier verschanzt hat, wusste, was er tat. Es trifft keine Unschuldigen. Haut sie weg, Männer! Und Ismail tat damals seinen Teil. Ein Magazin nach dem anderen. Mit seiner Glock 17. Absolut zuverlässig, kein einziges Mal Ladehemmung.

15. Februar 2005
20.30 Uhr
Internationaler Flughafen
Beirut

Steinbacher wartet in der Ankunftshalle vor dem Ausgang. Mit halbstündiger Verspätung geht Gabriella, die ihre Schwester und ihre Mutter mitgebracht hat, durch die Schiebetür der Gepäckausgabe. Man umarmt sich wortlos. Gabriella, der Zwillingsschwester seiner Frau, kann Steinbacher nicht in die Augen sehen. Sie sind keine eineiigen Zwillinge, aber ihre Stimmen haben den gleichen Klang. Als sie noch klein waren, sind sie oft verwechselt worden.

15. Februar 2005
21.27 Uhr
Telefongespräch
Mohammed – Nabil

– Hast du ihn?, fragt Mohammed.
– Ja. Er hat sich ein Taxi genommen und ist in seiner Stammkneipe. Wie immer.
– Okay, Nabil. Dann kommen wir jetzt.
– Das würde ich auch sagen. Vielleicht trinkt er ausgerechnet heute nur ein Bier und wir verpassen ihn. Soweit ich gesehen habe, sind nicht viele Leute in der Bar.

15. Februar 2005
21.39 Uhr
Otman-Straße
Beirut

– Nabil, du bleibst hier! Das ist die beste Position, dirigiert Ismail. Mohammed und ich gehen ein Stück weiter nach oben. Dann wie besprochen. Du versuchst, ihn ins Taxi zu bekommen. Wir steigen oben zu, einer rechts, einer links. Falls er kein Taxi will, blinkst du kurz auf und fährst neben ihm her, wie ein aufdringlicher Beiruter Taxifahrer. Ich spreche ihn dann an. Mohammed kommt dazu. Über Funk nur ein Satz: Er kommt. Oder im Notfall eine kurze Ansage. Sonst will ich nichts hören. Keinen Ton. Dann los jetzt. Hoffen wir, es geht schnell. Nabil und Mohammed nicken entschlossen.
Und sie haben Glück. Mokhtar hat keine Lust, sich an einem langweiligen Dienstag alleine zu besaufen. Als die anderen zwei Gäste, mit denen er vergeblich ein Gespräch gesucht hat, gehen, bestellt er sein letztes Bier und einen Wodka. Er hatte gedacht, er müsse das Stück bis zur Kreuzung gehen, um ein Taxi zu bekommen. Aber es kommt Nabil. Er hupt zweimal und winkt durchs offene Seitenfenster wie alle Beiruter Taxifahrer. Mokhtar hebt kurz die Hand und steigt ein. Kaum hat er seine Adresse in Sodeco genannt, sitzen Ismail und Mohammed neben ihm. Mit dem Einsteigen verpasst Ismail ihm einen Schlag mit dem Ellenbogen ins Gesicht. Mohammed setzt den Elektroschocker an der Hüfte unter den Rippen an. Mokhtar zappelt und taucht weg. Ismail zieht Gummihandschuhe an. Mohammed packt die rechte Hand und schiebt Mokhtars Jacke nach oben. Ismail setzt die Nadel auf die Spritze.

Mohammed nimmt das Handgelenk fest in die Hand und drückt zu.
– Hat gute Venen, stellt Mohammed fest.
– Ja, jetzt werden sie dicker, meint Ismail. Er nimmt Mokhtars Hand, schiebt die Nadel in die größte Ader, saugt etwas Blut an. Aber der Wagen wackelt.
– Hey Nabil, langsam, langsam! Ich schiebe ihm gerade die Nadel rein.
– Ich kann nichts dafür, ruft Nabil zurück. Es ist die Straße!
Ismail wartet einen Moment, saugt noch einmal kurz Blut an und drückt langsam durch.
– Ab die Post. Ismail blickt Mohammed grinsend an, dessen Blick auf Hand und Spritze konzentriert ist.
Spritze, Nadel, Handschuhe kommen in eine Plastiktüte, die in einem Müllcontainer am Straßenrand entsorgt wird.
– Der bekommt aber eine komische Farbe, sagt Nabil mit einem Blick in den Rückspiegel.
– Konzentriere dich lieber aufs Fahren, entgegnet Mohammed. Ich kann dich aber beruhigen, das ist immer so. Die königliche Bläue der Junkies, bevor sie ins Paradies eingehen. Er lacht.
– Sie sind doch schon im Paradies, wirft Ismail ein. Von einem Paradies ins andere. Schöner kann es doch nicht sein.
– Wie lange dauert es noch?, fragt Nabil. Wir sind bald da.
– Das müsste jetzt jeden Moment vorbei sein, antwortet Mohammed. Das ist aus dem Hause unseres Nachbarn. Beste Exportware! Die haut jeden Junkie um.
Ismail prüft den Atem. Der ist noch da, du Schlauberger!
– Ich garantiere dir, bevor wir ankommen, ist er hinüber.
Mohammed nimmt Mokhtars Hand und fühlt den Puls.

– Der schlägt kaum noch! Was willst du überhaupt? Jetzt Aussetzer … ah, da ist er noch einmal und … Mohammed wartet ein wenig. Aus und vorbei!
Ismail schaut ungläubig und prüft selbst den Puls.
– Tatsächlich. Das ging schnell. Guter Stoff, Mohammed. Und an Nabil gerichtet: Jetzt kannst du aufs Gaspedal drücken. Wir wollen nach Hause. Ein schönes kaltes Bier haben wir uns redlich verdient!
– Am besten zwei oder drei, ruft Nabil von vorne.
Dem toten Mokhtar werden noch Geld, Personalausweis, Uhr und Halskette abgenommen.
– Seine Lederjacke nehmen wir auch, sagt Mohammed. Macht einen besseren Eindruck.
– Das ist ein teures Stück, meint Nabil. Ist mir heute schon aufgefallen. Vielleicht passt sie mir.
– Du bist ja ein richtiger Leichenfledderer, schimpft Mohammed. Noch die Schuhe gefällig?
– Schluss damit, geht Ismail dazwischen. Den Personalausweis bitte in kleine Stücke, lieber Mohammed, und aus dem Fenster. Die Jacke kommt auf den Müll. Nabil, du fährst und kommst nicht auf so bescheuerte Gedanken!

15. Februar 2005
22.13 Uhr
Gathani-Gebäude, 5. Stock, Appartement A
Beirut

Dieses Almaza-Bier schmeckt wirklich gut, sagt Gabriella. Ihre ältere Schwester Mila nickt und trinkt den letzten Schluck aus ihrem Glas.
– Ich hab noch mehr. Muss nur in den Kühlschrank gestellt werden.
Steinbacher steht vom Esstisch auf, der, wie ihm jetzt ein-

fällt, aus Malaysia stammt. Billigtisch für 90 Dollar mit sechs Stühlen auf dem Markt von Ousai. Dort, wo man auch so gut Hackfleischpizza und Fleischspieße essen kann. Vom Markt stammen auch die beiden Sofas im Wohnzimmer. Wie oft haben sie darauf gemeinsam gelegen und Filme angesehen. Steinbacher füllt das Gefrierfach mit Bier, um es schneller kalt zu bekommen. Die Anwesenheit der Familie deprimiert ihn noch mehr. Er hört Gabriellas Stimme über den Flur, die ihre sein könnte. Nun ruft sie ihn auch noch. Er kämpft mit den Tränen, als er bei den Schwestern wieder Platz nimmt. Die Mutter hat sich aufs Sofa neben dem großen Schiebefenster gesetzt und starrt seit geraumer Zeit, mit verschränkten Händen im Schoß, in die Nacht hinaus.

Nachdem der Tisch abgeräumt ist, muss er erneut erzählen, warum sie ausgerechnet diesen Weg zur Arbeit nahm und wie sie ausgesehen hat, da auf der Bahre unter dem weißen Tuch im Krankenhaus.

Er zeigt ihnen noch einmal die Papiere, geht die Namen und Telefonnummern noch einmal durch, die er ihnen auf einen großen Zettel notiert hat.

Den Fernseher, der seit Montag gelaufen ist, hat die Mutter nach den Nachrichten auf TVE 1 International ausgeschaltet. Auch auf dem spanischen Staatssender war das Attentat auf Hariri Thema Nummer eins.

Gegen Mitternacht zeigt er den Schwestern, wo Bettwäsche zu finden ist. Sie schlafen im Gästezimmer. Mila auf dem Sofa im Wohnzimmer. Partout hat sie Steinbachers Angebot abgelehnt, in seinem Bett zu schlafen.

Er sitzt noch lange alleine auf dem Balkon.

Wie soll das gehen? Ohne sie. Ohne das Glück mit ihr. Sich wieder alleine mit der Welt abfinden? Ich weiß nicht.

16. Februar 2005
02.44 Uhr
Gathani-Gebäude, 5. Stock, Appartement A
Beirut

Mitten in der Nacht, nach weiteren Almaza-Bieren und Whiskeys, kommt der Entschluss. Steinbacher wählt die Handynummer des Chefredakteurs und erklärt ihm, auf unabsehbare Zeit nicht einsatzbereit zu sein.
– Ich nehme Urlaub.
– Herr Steinbacher, unter diesen Umständen können Sie so viel Urlaub haben, wie Sie brauchen. Ich kann Ihnen versichern, die gesamte Chefredaktion hat für Ihre Lage vollstes Verständnis.
Steinbacher bedankt sich bei seinem verschlafenen, aber sichtlich betroffenen Chef und wünscht ihm eine gute Nacht.
Als Nächstes ruft er seinen Fahrer George an.
– Hi, George! Wollte dir nur sagen, morgen geht's wieder los. Wir fahren ins Bekaa-Tal.
– Das haben Sie sich reichlich früh überlegt. Es ist kurz vor drei. George klingt leicht mürrisch, hat aber gleichzeitig diesen belustigten Unterton, der Steinbacher sagt, dass George bekifft ist. Im Hintergrund sind der Fernseher und eine verärgerte Frauenstimme zu hören.
– Lieber Herr Steinbacher, machen Sie schnell. Sonst wirft meine Frau das Telefon aus dem Fenster. Sie kennen doch ihre Eifersucht. Sie wird mir nicht glauben, dass mein Chef um diese Uhrzeit anruft.
– Weniger kiffen, George, rät Steinbacher leicht lallend. Dann wird dein Ton schärfer und der Blick klarer. Das lässt Frauen umdenken.
– Nicht meine, brüllt George ins Telefon. Wann fahren wir?

– Morgen, halb neune. Zackig, mein Junge!
– Sie haben heute getankt, Chef.
– Manchmal muss das sein, George. Also, halb neun?
– Etwas später wäre mir lieber.
– Warum nicht, George. Im Urlaub soll man keine Eile haben. 9.30 Uhr.
– Gute Nacht, grummelt George und legt das Telefon auf den Tisch. So ein Mist! Er hätte gerne ausgeschlafen und außerdem: Nicht schon wieder ins Bekaa-Tal! Mit neugierigen Journalisten, die dort nach Geschichten schnüffeln, kann es unangenehm werden. Irgendwann verbuddeln sie uns dort und kein Hahn kräht danach.

Auswärtiges Amt, Länderinformationen, Libanon, Sicherheitshinweise

Dringend abgeraten wird von Reisen in den Nordlibanon (Stadt und Kreis Tripoli, Bezirke Akkar und Diniyye) und in die gesamte Bekaa-Ebene. Reisen dorthin sollten nur erfolgen, wenn sie als dringend notwendig oder unverzichtbar betrachtet werden und auch dann sollte die Bekaa-Ebene nur auf den Hauptverbindungsstraßen bereist werden.

16. Februar 2005
7.35 Uhr
Fabrikgelände
in der Nähe der Schnellstraße nach Burj Hammoud
Beirut

Ein mit Gasflaschen beladener LKW fährt aus der Wellblechhalle auf den Pistenweg, der parallel zur Schnellstraße verläuft.

– Hey, liegt da nicht jemand im Gras?, fragt der Fahrer seinen Arbeitskollegen auf dem Beifahrersitz. Als ich herkam, dachte ich schon, was liegt denn da in der Ecke? Aber jetzt vom Bock des LKW aus sieht man besser.
– Ich sehe nichts, sagt der Beifahrer mürrisch. Wo meinst du denn genau?
– Da, guck doch hin! Neben dem Betonpfeiler der Unterführung. Bei den Büschen, an dem alten Pfosten.
– Ja, da liegt etwas. Da hast du recht.

16. Februar 2005
9.50 Uhr
St.-Andrews-Kirche
Beirut

George ist für seine Verhältnisse pünktlich und kommt 20 Minuten zu spät. Steinbacher erwartet ihn vor der St.-Andrews-Kirche.
– Auf ins Bekaa-Tal, ruft George und gibt Gas. Auf dass uns Gott wieder heil und sicher zurückbringt aus der Hölle der Verrückten!
– Du übertreibst mal wieder, meint Steinbacher.
– Sie werden es schon noch eines Tages sehen. Das ist der gefährlichste Ort Libanons. Jeder dort hat eine Kalaschnikow. Sie haben es doch selbst gesehen. Wie Regenschirme stellen die ihre Gewehre im Wohnzimmer ab, wenn man zu Besuch kommt.
– Ich weiß, George. Aber das bedeutet noch lange nicht, dass es uns an den Kragen geht.
– Der alte Opa auf Crack hätte beinahe geschossen. Haben Sie das schon vergessen? Der mit nur einem Zahn im Mund. Die sind alle auf Drogen, ganze Dörfer. Vom Kind bis zur Oma.

– Da hast du ausnahmsweise recht. Aber du kannst beruhigt sein, diesmal arbeite ich nicht. Ich bleibe für einige Tage bei Mohammed und du kannst zurückfahren. Das ist dir doch am liebsten?
– Ehrlich gesagt, ja. Am Telefon gestern sagten Sie Urlaub. Und das bei Mohammed? Sie wollen doch nicht in einem seiner Bungalows bleiben? In seinem Erholungszentrum für die Schickeria und andere zwielichtige Gestalten, die sich übers Wochenende einmieten und sich nach allen Regeln der Kunst bedienen lassen?
– Genau das habe ich vor. Ich will keine Party, nur abschalten.
– Das letzte Mal waren Sie nach nur einem Tag aber ganz schön hinüber, wenn ich das sagen darf. Sie sind auf der Heimfahrt ständig eingeschlafen.
– Das ist genau der Zustand, den ich mir wünsche.
– So schlimm kann es nicht sein.
– Noch schlimmer. Steinbacher erzählt, was passiert ist.
– Das tut mir wirklich leid. Diese Bastarde! Dann bleibt George stumm, den Blick auf die Straße gerichtet.
Steinbacher ist froh, sich eine Weile nicht unterhalten zu müssen. Mit sich alleine, den Blick durchs Fenster auf dem Weg durch die Vororte Beiruts. Der Familie seiner Frau hat er erklärt, er müsse für ein paar Tage weg. Weg aus der Wohnung, aus der Stadt, weg von den Nachrichten, dem Trubel um das Attentat. Und Überführung und Beerdigung könne er unter keinen Umständen ertragen. Die Mutter und Mila haben nichts gesagt. Nur Gabriella hat genickt und ihn umarmt.
– Ich verstehe dich. Wir machen das schon. Die Botschaft erledigt alles, wie man uns heute versichert hat. Also mach nur, was du für richtig hältst. Wir sehen uns in Madrid! Pass auf dich auf!
Gabrielle hat ihm einen Kuss gegeben und ihn fest an

sich gedrückt. An der Tür hat sie noch zu ihm gesagt: Wir nehmen ihre Sachen mit, keine Angst. Du nimmst dir später, was du als Erinnerung behalten möchtest. Sie hatte liebevoll gelächelt, als sie die Erleichterung in Steinbachers Gesicht sah.

George raucht einen seiner für die Fahrt vorgedrehten Joints. Nachdem er den letzten Stummel aus dem Fenster geworfen hat, ist er wieder gesprächig.
– Erinnern Sie sich noch? Das letzte Mal hat es geschneit, und wir brauchten Schneeketten. War aber trotzdem eine Rutschpartie, bis wir oben das Plateau erreicht hatten.
– Ja, es war saukalt, weil deine Heizung nicht funktioniert hat. Ich hatte abgefrorene Zehen, schimpft Steinbacher.
Nach etwa 45 Minuten erreichen sie den Kamm auf 900 Metern. Vor ihnen ein zehn Kilometer breiter und 120 Kilometer langer Streifen, platt wie ein Teller, seitlich eingerahmt von Bergen. Sein Ende liegt unsichtbar im Dunst in weiter Ferne. Steinbacher überkommt ein Gefühl der Erhabenheit. Übernächtigt und aufgewühlt, wie er ist. Es flimmert in seinem Kopf.
– Willkommen im Land des roten Libanesen, ruft George. Locker, sanft und mit einem phantastischen Geschmack. Er lacht verschmitzt. Leider gibt es ihn nur noch selten. Während des Bürgerkriegs ist er tonnenweise zu haben gewesen. George erinnert sich an ein Geschäft in Hamra, in dem der Stoff kiloweise wie im Supermarkt in den Regalen gelegen hatte. Gleich neben einem Waffenladen.
– Zuerst konnte man sich eine Panzerfaust, dann ein Kilo Hasch besorgen. Das war nicht weit von Ihrer heutigen Wohnung. George grinst wieder amüsiert und fragt: Sollen wir gleich zu den Bungalows, Chef?

– Nein, wir müssen zuerst zu Mohammed. Ich muss mich anmelden.
Die Hauptstraße führt mitten durch die Ebene. Irgendwann zeigt George auf eine Häusergruppe am Straßenrand und sagt: Da ist mein Zuhause. Da habe ich gewohnt. Das Haus meiner Eltern. Inzwischen ist alles verkauft. Damals kannte ich jede Hure von hier bis nach Beirut. Den Hinweis auf sein Zuhause lässt George bei keiner Fahrt aus. Den Ort kann sich Steinbacher nie merken. Für ihn hätte jedes Haus das Haus von George sein können. Was links und rechts der Straße steht, sieht alles gleich graubraun aus. Gerade im Winter wenig einladend und trostlos. Was auch daran liegt, dass kein Mensch zu sehen ist.
Nach etwa zwanzig Minuten biegt George von der Hauptstraße rechts ab in das Niemandsland einer steinigen Steppe, mit holprigen Pisten, die sich ständig kreuzen, ohne Verkehrszeichen oder andere Hinweisschilder. Sie passieren einen Militärposten, ein einsames, scheinbar verlassenes Häuschen. Die Tür sperrangelweit offen. Ein Soldat hat es sich auf zwei gegenübergestellten Stühlen bequem gemacht und ist in mehrere Decken eingehüllt. Mit einer abweisenden Kopfbewegung winkt er sie weiter.
Das Dorf liegt auf einem kleinen Hügel, es ist vielleicht dreißig Häuser groß. Wie überall ist auch hier kein Mensch zu sehen. Die Fensterläden sind geschlossen. Mohammeds mehrstöckiger Pyramidenbau ist schon von weitem zu erkennen. Unverputzt und bis auf das oberste Stockwerk ohne Fenster. George fährt langsam in die Garage unter dem Haus. Auch er weiß, was kommt. Zwei Sturmgewehre sind auf sie gerichtet, als Steinbacher die Tür öffnet. Zwei Wächter mit schusssicheren Westen, an denen Granaten baumeln. Vom Treppenhaus

kommt Nabil aufs Auto zu. In seinem Gürtel steckt seine Glock 19. Er wischt sich die Hände an der Hose ab, als sei er gerade beim Essen gewesen.
Steinbacher erkennt den groß gewachsenen Kerl an seinen stechend blauen Augen.
– Hallo, Nabil! Wie geht's?
– Ach, der deutsche Journalist und sein christlicher Taxifahrer, der aus dem gleichen Dorf wie unser Chef stammt und mit ihm im Bürgerkrieg gekämpft hat. Was für eine Ehre. Nabil rückt seine Pistole im Gürtel kurz zurecht.
– So ist es, sagt George.
– Was kann ich für die Herren tun?
– Wir wollen zu Mohammed, antwortet Steinbacher.
– Der frühstückt gerade, meint Nabil abwartend.
– Das passt ja. Bringst du uns nach oben?, fragt Steinbacher.
– Oder werden wir ganz ohne Frühstück erschossen?, setzt George nach, mit dem Blick auf die beiden Wächter und ihre Sturmgewehre im Anschlag.
– Nein, ohne Frühstück im Bauch erschießen wir niemanden, entscheidet Nabil, und an die Wächter gerichtet: Wir sind doch keine Unmenschen.
Mohammed und Ismail sitzen am großen Tisch im Esszimmer. Mohammeds Frau steht auf, als die Männer eintreten, und verschwindet in die Küche.
– Hey, was für eine Überraschung! Mein alter George und sein Journalist! Herzlich willkommen! Mohammed steht auf und küsst die beiden zur Begrüßung. Darf ich vorstellen? Das ist mein Freund Ismail aus Spanien, der gerade hier in der Heimat ein paar Tage Urlaub macht. Ismail, das ist Klaus, ein deutscher Journalist, der wie du mit einer spanischen Frau verheiratet ist. Er ist schon öfter bei mir zu Besuch gewesen.

– Ich war verheiratet, sagt Steinbacher prompt.
– Was soll das nun heißen, Klaus?, fragt Mohammed irritiert.
Steinbacher blickt stumm mit feuchten Augen. George übernimmt.
– Seine Frau wurde beim Attentat auf Hariri getötet. War auf dem Weg zur Arbeit mit einem Taxi, das von der Druckwelle erfasst wurde.
Allseitiges Schweigen. Nabil flüstert: Gott ist groß.
Mohammed legt die Hand auf Steinbachers Schulter. Das ist schrecklich, mein Freund! Gottes Wege sind unergründlich.
– Ich möchte ein paar Tage alles vergessen, sagt Steinbacher. Deshalb bin ich hier.
– Ich verstehe, sagt Mohammed und blickt Ismail fragend an. Im Moment ist es schlecht. Keiner der Bungalows ist vorbereitet, du weißt ja, Saison ist eher in wärmeren Zeiten. Es ist nicht sauber gemacht, der Pool leer, kein Personal da.
– Kein Problem, entgegnet Steinbacher. Ein Bett genügt. Alles andere ist egal. Zuhause halte ich es nicht aus.
George blickt Mohammed bittend an. Mohammed sieht zu Ismail. Der nickt langsam.
– Okay, sagt Mohammed. Nabil wird dich nachher hinfahren. Jetzt frühstücken wir erst einmal. Ich habe übrigens auch gar nichts da. Nabil wird auf dem Weg mit dir bei al-Bilal so viel besorgen, wie immer du möchtest. Ist sehr gute Qualität, fügt Mohammed mit einem Blick zu Ismail und Nabil an. Alle drei können sich ein Grinsen nicht verkneifen.
Steinbacher setzt sich neben Ismail, der ihm die Hand reicht und *lo siento mucho* sagt. *Gracias*, sagt Steinbacher und beide unterhalten sich auf Spanisch.
– Glauben Sie mir, ich verstehe Ihren Schmerz sehr gut.

Ich habe Familie. Wenn ich mir vorstelle, es würde meiner Frau etwas passieren, nur der Gedanke daran fühlt sich wie ein Messer im Bauch an.
– Genau so fühle ich mich, erwidert Steinbacher. Ich laufe damit seit zwei Tagen herum und bei jedem Schritt dreht es jemand herum.
Ismail denkt an seine Frau, an seine Kinder. Sieht sie vor sich, wie sie im offenen Auto zum Strand fahren. Die Kleinste fällt ins Wasser. Die andere steht auf dem Surfbrett. Ismail schmunzelt innerlich. Nabil reicht ihm Laban und Oliven. Herr Exilant, bitteschön! Ismail nimmt einen großen Löffel Joghurt und einige schwarze Oliven. An Steinbacher gewandt: Aber Drogen sind doch keine Lösung. Entschuldigen Sie bitte, ich bekam, ohne es zu wollen, Ihr Gespräch mit Mohammed mit.
– Eine Lösung bestimmt nicht, antwortet Steinbacher. Aber schmerzstillend. Eine Erleichterung, um vielleicht klare Gedanken fassen zu können.
– Ich dachte, es sei andersrum. Eher Nebel statt klare Verhältnisse.
Mohammed steht auf der Terrasse und telefoniert mit einem seiner Informanten im Internen Sicherheitsdienst.
– Abdallah, gibt es etwas Neues?
– Nein, nicht wirklich. Gestern wollten sie den Krater zuschaufeln und die Straße wieder freigeben. Der Richter hat das im letzten Moment verhindert. Von Ermittlungen kann man nicht sprechen. Bisher nur Standardprotokoll.
– Was ist mit dem Selbstmordattentäter?
– Profil passt, aber keiner will es glauben. Weißt du doch selbst.
– Was macht die Opposition?
– Die stehen mit Frankreichs Präsident in direktem Kontakt und mit anderen Politikern aus dem Ausland. Wir

hören alles mit. Sie beschuldigen Syrien, aber tappen selbst auch im Dunkeln.
– Und die Hisbollah, die wissen doch sonst immer alles?
– Die haben im Zentrum ein Hightech-Büro laufen. Es soll um Drohnen gehen, deren Signale sie abfangen. Nah ran kann und darf man bekanntlich nicht.
– Ausländische Geheimdienste?
– Offiziell gibt es nichts. Zwei Israelis sollen am Tatort gewesen sein. In der US-Botschaft ist vor einer Woche eine Eliteeinheit eingetroffen, 25 Mann. Sie sind auf dem Gelände der Botschaft untergebracht. Insgesamt gesehen ist es eher ruhig. Nach dem Attentat sind alle beim Auswerten, suchen nach Infos, Hinweisen. Ob nicht etwas übersehen wurde, welche Quelle man anzapfen kann.
– Und das normale Geschäft?
– Ein paar Leichen, Überfälle. Der übliche Kram.

Nach dem Frühstück fährt Steinbacher mit Nabil und George zu al-Bilal. Ismail und Mohammed haben sich eilig verabschiedet und sind in einem Landrover davongebraust.
Nabil dirigiert George durch das Labyrinth der Steppenpisten. Nach einigen Kilometern halten sie vor einer frei stehenden Villa, die mit hohen Mauern und Stacheldraht umgeben ist. An den vier Ecken stehen Wachtürme mit Sandsäcken und Suchscheinwerfern.
– Sehen Sie, was ich meine, sagt George. Mit diesen Leuten ist nicht zu spaßen.
Nabil verschwindet hinter einem schweren Eisenportal. Zurück im Auto drückt er Steinbacher wortlos einen kleinen Beutel in die Hand. Nach einer knappen halben Stunde erreichen sie die Bungalowanlage, das Erholungszentrum, wie George es genannt hat. Auf Nabils

Handzeichen öffnet sich das Tor. Sie passieren das große, luxuriöse Haupthaus und fahren zu einem der fünf kleinen Bungalows, die mit Sichtblenden voneinander getrennt sind.

– Licht, Wasser und Fernseher funktionieren, sagt Nabil, als er die Türe aufschließt. Zwei Schlafzimmer, Salon, Küche und eine Terrasse nach hinten hinaus. Sie sind völlig ungestört. Der Hausmeister bringt Ihnen was zu essen. Seine Frau kocht ganz gut. Wenn Sie etwas brauchen, melden sie sich bei ihm über Telefon, einfach die Eins wählen. Wie im richtigen Hotel. Mit Sicherheit läuft Ihnen Ismail über den Weg. Er ist im nächsten Bungalow untergebracht. Dann gute Erholung. Wir sehen uns.

Steinbacher sieht Georges klapprigem Mercedes nach, der winkt noch kurz, als er durchs Tor hinausfährt. Steinbacher legt sich mit dem Beutel, den ihm Nabil gegeben hat, aufs Bett. Nach wenigen Momenten schickt ihm das braune Pulver ein warmes Behagen durch seinen Körper. Er atmet erleichtert auf. So viele Jahre ist es her. Es ist noch immer die gleiche glückselige Langsamkeit, die einen überfällt und ein Stück Frieden gibt. Er nimmt die Fernbedienung und Klick, der Fernseher läuft. Steinbacher bekommt nicht mehr viel mit. Er nickt zum ersten Mal in den letzten beiden Tagen einfach weg.

16. Februar 2005
13.34 Uhr
»Zukunft TV«
Sondersendung von der Beerdigung Hariris

Guten Tag, meine Damen und Herren! Unbeschreibliche Szenen spielen sich hier auf dem Märtyrer-Platz im Zentrum von Beirut ab. Nur mit allergrößter Mühe finden die Särge von Hariri und seinen sechs Leibwächtern den Weg durch die Menschenmenge. Viele Zehntausende sind gekommen, um Abschied zu nehmen. Es herrschen chaotische Verhältnisse! Alle wollen so nahe wie möglich an den Sarg von Hariri heran, dem ermordeten Wohltäter des Libanon. Nur für einen Moment den Sarg berühren, der in eine libanesische Flagge gehüllt ist. An der Südecke des Märtyrer-Platzes hat man die Gräber für Hariri und seine Leibwächter in der vergangenen Nacht ausgehoben, in unmittelbarer Nähe der Al-Amin-Moschee, mit deren Bau unser Wohltäter Hariri 2002 begonnen hat. An der Grabesstätte sind drei weiße Zelte aufgebaut. Die zwei großen sind für die Familie unseres Herrn Libanon während der Beerdigung und für das Grab selbst. Das kleine Zelt wurde für die Gräber der Leibwächter und deren trauernde Angehörige errichtet. Meine Damen und Herren! Der Märtyrer-Platz ist, wie sie selbst sehen, ein Meer von Nationalflaggen, Hariri-Postern und natürlich auch von Protestplakaten, die Syrien als Mörder beschimpfen. Tausende von Blumen hat man bereits niedergelegt. Es ist eine Beerdigung, die in die Geschichte eingehen wird. Ein ungeheures Statement der Menschen für Unabhängigkeit und Freiheit.

16. Februar 2005
17.30 Uhr
Haret Hreik, Stadtteil unter der Kontrolle der Hisbollah
Beirut

Ismail und Mohammed stehen mit ihrem Auto vor der Mehdi-Allee 122 in zweiter Reihe.

– Sie müssen jeden Augenblick kommen, sagt Moham-

med und klopft ungeduldig mit den Fingern auf das Lenkrad.
Ismail sitzt mit Sonnenbrille und verschränkten Armen neben ihm auf dem Beifahrersitz. Er blickt in den Seitenspiegel und beobachtet parkende Autos und Passanten auf dem Gehsteig.
– Da sind sie, ruft Mohammed.
Ein Jeep Grand Cherokee in Blaumetallic fährt aus der Tiefgarage über den Gehsteig auf die Straße. Mohammed folgt dem Wagen mit großem Abstand.
– Hey, er biegt falsch ab.
– Macht nichts, erklärt Ismail. Wir wissen, wohin er fährt. Zeig mir lieber das Büro, in dem sie sich treffen.
Am Ende der Allee folgt Mohammed der Verlängerung der El-Abed-Straße und hält nach einigen hundert Metern.
– Hier im zweiten Stock. Gleich um die Ecke ist das Café, in das sie nach der Besprechung gehen. Das Café hat einen eigenen Parkplatz. Mohammed fährt ein Stück weiter, nimmt die nächste Straße rechts.
– Hier ist das Café Aleppo.
– Sehr gut, stellt Ismail fest. Die Parkbucht zwischen den Häusern ist perfekt. Wir haben alles im Blickwinkel, können leicht und schnell verschwinden. Wie schon gesagt, Nabil soll mit dem anderen Wagen in der Nähe warten.
– Am besten vorne auf der Hauptstraße, meint Mohammed. Da ist er aus dem Blick, kann aber sofort da sein.
– Genauso machen wir es, ruft Ismail. Dann nichts wie ab zum Spanischkurs.
Mohammed fährt zurück Richtung El-Abed-Straße, dann Richtung Zentrum. Ismail kontrolliert weiter im Seitenspiegel.
– Ich glaube, wir haben Kundschaft, sagt er nach einer Weile.

– Wer und wo?, fragt Mohammed.
– Der alte silberne Toyota Kombi, rechts hinten, auf der Innenspur. Jüngerer und älterer Typ, die Vater und Sohn sein könnten. Der jüngere hat einen dieser modernen Hüte auf, die so aussehen, als wären sie beim Waschen eingegangen. Ich bilde mir ein, ich habe die zwei in Haret Hreik gesehen. Beim Einparken. Wenn wir sie am Instituto Cervantes wiedersehen, dann haben wir sie im Schlepptau. Wie Leute von der Hisbollah sehen sie nicht aus.
– Die Hisbollah hätte uns im Zweifelsfall sofort gestellt, bemerkt Mohammed.

16. Februar 2005
18.25 Uhr
Stadtzentrum
Beirut

Majid bringt seine beiden Kinder ins Cervantes.
– Er ist spät dran, meint Mohammed. Der Kerl hat einen Umweg gemacht. Der Kurs geht um 18.15 Uhr los. Er war eigentlich pünktlich dran. Na ja, vielleicht hat er Zigaretten gekauft. Was ist mit deiner Paranoia, Ismail? Kein silberner Toyota Kombi? Wir sehen uns mal um.
Mohammed setzt den Blinker und will weiterfahren.
– Bleib stehen!, befiehlt Ismail. Sie sind hinter uns her und nicht umgekehrt. Du kannst höchstens ein Stück vorfahren, näher an die Kreuzung. Da haben wir einen besseren Überblick.
Mohammed schert aus und hält etwa einhundert Meter weiter. Ismail sondiert die Gegend: Fußgänger, Autos, Cafés und Schnellimbisse, die ihre Tische und Stühle im Freien stehen haben.
– Bingo, ruft Ismail.

– Der silberne Toyota?, fragt Mohammed.
– Nein, kein Toyota, aber der jüngere der beiden Typen sitzt bei Chicken Shack. Es ist sein komisches Hütchen, an dem ich ihn sofort erkannt habe. Ruf Nabil an, er soll sich ins Auto setzen und eine Runde im Zentrum drehen. Wie lange dauert der Spanischkurs?
– Bis 19.45 Uhr.
– Dann haben wir etwas Zeit.
Mohammed nimmt sein Handy.
– Nicht vom Handy, wer weiß, wendet Ismail ein. Und sag Nabil, er soll die Tasche nicht vergessen.
Der Mann mit dem Hut auf der Terrasse des Chicken Shack behält Mohammed im Auge, als dieser zu Hamburger Deluxe geht, wo es ein öffentliches Telefon gibt. Ismail erschrickt, als Mohammed keine fünf Minuten später durchs geöffnete Seitenfenster »Delivery Service« brüllt. Er hält eine Tüte mit zwei Cheeseburgern, Pommes und Cola in die Höhe.
– Du hast Nerven, sagt Ismail.
– Keinen Hunger?, fragt Mohammed. Das kann noch dauern, dachte ich mir.
– Gib her, meint Ismail, dieses schreckliche Essen.
– Nabil hat auf dem Sofa gelegen und war wenig begeistert, ist aber unterwegs, erzählt Mohammed. Er wird sich auf der anderen Seite ins Café Soldiére setzen. Scheiß Fraß, sagt Mohammed dann. Nur die Pommes sind gut, die Cola vom vielen Eis verwässert.
Nach dem Essen entsorgt Mohammed den Müll. Der junge Typ mit Hut im Chicken Shack steht auf und verschwindet aus dem Blickfeld.
– Was machen wir jetzt?, fragt Mohammed durchs Autofenster.
– Warten auf Nabil, antwortet Ismail. Komm, setz dich wieder in den Wagen.

Keine zwanzig Minuten später schlendert Nabil durch die Arkaden und nimmt im Café Soldiére Platz. Ismail steigt aus. Er spricht mit Nabil im ersten Stock des Cafés, wo es leer ist.

– Ich habe den Wagen gesehen. Keine zweihundert Meter von hier, ein Stück weiter runter, berichtet Nabil. Zwei Typen. Ein jüngerer mit Hut und ein älterer. Sie können euch genauso wenig sehen wie ihr sie. Sobald ihr allerdings losfahrt, haben sie euch auf dem Schirm. Ich muss gleich wieder los, habe keinen Parkplatz. Hier in der Tasche sind Funke, Schalldämpfer und Extramagazine. Was machen wir mit den beiden?

– Ich glaube, wir haben nicht viele Optionen, antwortet Ismail. Ich habe mit Mohammed noch nicht gesprochen, aber wir werden nicht drumherum kommen.

– Müssten wir sie dazu nicht aus dem Zentrum rauskriegen?

– Nabil, du hältst dich völlig im Hintergrund. Sie wissen von dir sehr wahrscheinlich nichts und so soll es bleiben. Du bist unser Joker. Du machst nichts ohne Ansage. Hast du verstanden?

– Ja, klar. Du kannst dich auf mich verlassen!

– Und jetzt ab! Ismail klopft ihm zum Abschied auf die Schulter.

Im Auto schraubt Ismail wortlos den Schalldämpfer auf seine Glock.

– Schon entschieden, stellt Mohammed fest.

– Mehr oder weniger, antwortet Ismail. Nabil hat das Auto gesehen. Sie stehen etwa zweihundert Meter von hier an der nächsten Kreuzung. Solange wir stehen, können sie uns nicht sehen. Erst beim Losfahren. Vorschlag, Mohammed?

– Wir machen sie platt. Das ist die einzige Chance, unseren Job zu Ende zu bringen.

– Das ist mein Mohammed, sagt Ismail zufrieden.
– Wie machen wir es?, fragt Mohammed. Sie aus dem Zentrum zu lotsen, ist kein Problem. Sie im Auto erschießen, auch keins. Wir brauchen auf die Schnelle einen geeigneten Ort. Mohammed wartet auf eine Reaktion, aber Ismail starrt nur auf seine Glock mit Schalldämpfer auf den Knien. Er atmet tief durch.
– Diese Typen sind keine Idioten. Je länger wir warten, desto komplizierter wird es. Ismail macht eine kurze Pause. Wir machen es hier, sagt er dann mit einem Ton, der signalisiert, dass es keine Widerrede gibt. Ohne Vorbereitung kann man sie nicht an einem anderen Ort greifen. Das Risiko wäre zu groß. Mit Maschinengewehren wäre das vielleicht was anderes, aber die haben sie nicht.
– Jetzt sitzen die beiden Typen gemütlich in ihrem Wagen, sagt er zu Mohammed. Sie sind überzeugt, dass wir nichts von ihnen wissen. Sie warten nur darauf, dass unser Wagen an ihnen vorbeifährt. Keiner von denen denkt auch nur im Traum daran, dass ich gleich vorbeikomme und sie, bumm, bumm, plattmache.
Mohammed nickt etwas ungläubig. Er weiß, er hat es selbst nicht im Kreuz. Ismail ist ihm in diesen Dingen überlegen und hat weitaus mehr Erfahrung. Er ist auch kaltblütiger.
– So können wir später unseren Majid nach Hause eskortieren und uns selbst noch um Zakaria kümmern.
– Genauso ist es, mein lieber Mohammed.
Bevor Ismail aussteigt, kontrolliert er noch einmal Magazin und den Schalldämpfer an der Pistole, die er danach in den Gürtel steckt. Ismail biegt sofort in die Fußgängerzone ein und marschiert einen Block parallel zur Hauptstraße hinunter. Weiter links in die erste

Seitenstraße und dicht an der rechten Häuserfront entlang. Über Funk hört er Nabil.

– An der Ecke. Nummer drei rechts. Achtung, Glas.

Ismail versteht die Ansage erst, als er das Frauenbekleidungsgeschäft »Pour La Femme« erreicht. Der Nobeldesignerladen liegt am Eck Fußgängerzone und Hauptstraße. Die Glasschaufenster gehen auf beiden Seiten über die ganze Fassade. Ismail kann durchs Glas auf die Hauptstraße blicken. Er entdeckt den Wagen keine zehn Meter weiter, direkt am Gehsteig. Die beiden Männer scheinen sich gut zu unterhalten, stellt Ismail fest, der nur den Beifahrer sehen kann. Es ist der Mann mit dem Hut. Er raucht und gestikuliert. Sehen können sie ihn nicht. Ismail steht hinter dem schmalen gemauerten Eckteil des Geschäfts. Er wartet auf Nabils Kommando. Komm schon, denkt Ismail. Komm schon! Sekunden später endlich das Kommando, los jetzt, in seinem Ohrknopf. Sein Marsch zum zehn Meter entfernten silbernen Toyota Kombi beginnt. Ohne nach links und rechts zu blicken, nur auf den Wagen und seine Insassen fixiert. 10, 9, 8 Meter. Sie haben ihn noch nicht entdeckt. 7, 6, 5 Meter.

– Entschuldigen Sie, ruft Ismail. Können Sie mir netterweise helfen? 4, 3 Meter. Der Beifahrer dreht unwillkürlich seinen Kopf zu Ismail und reckt den Kopf leicht aus dem Fenster. 2 und 1. Ismail schießt. Klick, Klick, Schalldämpferton. Der Mann sackt in seinen Sitz zurück mit einem Loch in der Stirn. Der komische Hut ist runtergefallen. Ismail steht am Fenster. Der ältere, glatt rasierte Mann hat die Hand am Griff seiner Pistole im Seitenhalfter. Seine Augen fixieren Ismail, und Ismail erkennt den Blick, den er schon so oft gesehen hat. Eine Mischung aus Panik und fester Entschlossenheit. Ein Schuss in die linke Brustseite lässt den Griff des Mannes

nach der Waffe zu einer tollpatschigen Geste werden. Er sackt tot zusammen. Ismail setzt dem Beifahrer den Hut wieder auf. Der andere sieht aus, als würde er schlafen.
– Alles okay, hört Ismail aus dem Ohrknopf.
Ismail steckt seine Glock weg, als wäre es seine Brieftasche, und marschiert auf die Kreuzung zu.
– Bitte einsteigen, hört er Nabil. Ismail dreht sich zur Straße hin. Ein Wagen steht bereit, die Beifahrertür offen. Nabil grinst und winkt mit der Hand.
Nabil kontrolliert Rück- und Seitenspiegel. Wir werden bald hören, was Mohammed meldet. Er folgt Majid.
– Ich weiß, sagt Ismail. Fahr zurück zum Appartement, ich brauche eine neue Waffe. Nimm einen Weg, der über die Corniche führt.
An der Meerpromenade bläst der Wind durch die offenen Fenster ins Auto.
– Riechst du es?, fragt Ismail. Das Wasser.
Nabil fährt etwas langsamer, um Ismail einen Gefallen zu tun. Der schließt die Augen und atmet tief durch. Zum Meer mischt sich der Geruch von verbranntem Mais. Er kommt in kleinen Schwaden vom Stand eines Verkäufers, der seinen Verkaufswagen mit Nationalflaggen geschmückt hat.
– Wir müssen abbiegen, kündigt Nabil an und setzt den Blinker.
– Mach noch einige Schlenker, bevor wir zur Wohnung fahren, fordert Ismail. Und schön in den Rückspiegel gucken. Wir wollen niemanden an uns dranhaben.
Nabil nickt, und Ismail schließt wieder die Augen.

16. Februar 2005
22.14 Uhr
Amathi-Residenz, Appartement 14 F
Beirut

Nach über zwei Stunden kommt Mohammed. Er nimmt einen großen Schluck Wasser aus der Karaffe in der Küche.

– Ah, ich habe Durst. Jungs, alles gut. Ich musste dort noch bis kurz vor acht warten, und bis dahin gab es keinen Alarm. Du hattest recht, Ismail. Wir haben uns viel Arbeit und wahrscheinlich auch viel Ärger erspart. Mit Majid ist auch alles gut. Er ist nach Hause gefahren, hat die Kinder abgeliefert, Abendessen, seinen Kumpel abgeholt und dann ins Büro und Café. Für heute ist Schluss, oder?

– Ja, für heute ist Feierabend, bestätigt Ismail. Zuerst brauchen wir ein neues Quartier. Ich habe Nabil schon alles ins Auto packen lassen. Das Auto haben wir ein paar Straßen weiter geparkt. Nur das Taxi steht in der Tiefgarage.

Okay, sagt Mohammed. Besser ist es. Ich muss kurz mit Abu Taleb telefonieren.

– Ich bin's. Wir brauchen eine andere Wohnung. Sofort. Ich dachte an das Appartement in Sin el-Fil.

– Ja, warum nicht, antwortet Abu Taleb. Ich lasse den Schlüssel in den Briefkasten legen. In etwa einer halben Stunde, sagen wir um 23 Uhr.

– Wir sind pünktlich.

– Was ist passiert?, fragt Abu Taleb.

– In Haret Hreik hatten wir Begleitung. Niemand von der Hisbollah.

– Ihr habt nicht aufgepasst. Ich hab es euch doch gesagt. Abu Taleb wird laut. Ihr bringt uns in Teufelsschwierigkeiten. Ihr Penner!

– Keine Panik, sagt Mohammed. Die Begleitung war ganz frisch und hat ihren Job aufgegeben.
– Was soll das heißen?, will Abu Taleb wissen.
– Wir haben ihnen gekündigt, sagt Mohammed lapidar.
– Ganz und gar?, fragt Abu Taleb nach.
– Ganz und gar, versichert Mohammed.
Abu Taleb grummelt ins Telefon. Hat es sich damit erledigt?
– Sagen wir so: Mehr konnten wir nicht tun.
– Ich verstehe. Ihr haltet mich weiter auf dem Laufenden.
– Machen wir. Mohammed legt auf und informiert Nabil und Ismail. Alles klar, Jungs. Wir haben eine neue Bleibe in Sin el-Fil. Wie machen wir den Umzug?
– Nabil fährt alleine mit dem Equipment, bestimmt Ismail. Wir beide nehmen den zweiten Wagen, den sie noch nicht kennen dürften. Halten uns etwas zurück, um notfalls eingreifen zu können.
– Glaubst du, es ist so schlimm?, fragt Nabil.
– Ehrlich gesagt, nicht, aber wissen kann man es nie. Ismail zuckt leicht mit den Schultern. Wir wollen auf Nummer sicher gehen.
Nabil nickt und bekommt von Ismail einen Klaps auf den Hinterkopf.
Zu Mohammed sagt Ismail: Bevor ich es vergesse, ich habe mir eine andere Glock genommen. Entsorgst du die alte? Sie ist in der Tasche, auf der rechten Seite.

16. Februar 2005
23.30 Uhr
Märtyrer-Platz
Beirut

An Hariris Grabstätte stehen Menschen noch immer Schlange, die Mr Libanon ihre letzte Ehrerbietung geben wollen. Sie werden in Gruppen bis zu 15 Personen eingelassen. Ein Sicherheitsdienst kontrolliert mit Metalldetektoren. Vor dem aufgeschütteten Erdhaufen ein Meer aus Blumen, Fotos und brennenden Kerzen. Dahinter, beinahe versteckt, die Gräber der sechs Leibwächter.
Der Holzzaun an der angrenzenden Al-Amin-Moschee ist übersät mit Graffitis. Wir lieben dich und den Libanon. Tod Syrien! Wir werden dich rächen! Und immer wieder: »Die Wahrheit, die Wahrheit, wir wollen die Wahrheit!« Filmteams aus aller Welt befragen die Wartenden, wie sie sich denn fühlen nach dem Tod Hariris, wer der oder die Mörder sein könnten.
Syrien, Syrien, skandiert eine Gruppe von Jugendlichen. Syrien, wer sonst?
Im Hintergrund sind die Arbeiter der Stadtreinigung mit ihren Maschinen auf dem Märtyrer-Platz zu sehen, die den Müll des Tages zusammenkehren und mit Mini-LKW abtransportieren.

17. Februar 2005
00.08 Uhr
Penthouse, Grand Hills Hotel & Spa, Metn
Mount Libanon

Sezin sitzt noch bei der Arbeit in seinem improvisierten Büro auf der Terrasse des Hotel-Penthouses. Um diese

Uhrzeit nimmt er Anrufe aus den USA, Kanada oder Südamerika entgegen. Viel kann er nicht tun, außer zu sagen: werde ich notieren, werde ich ihm ausrichten, ganz bestimmt, darüber wird er sich freuen, wenn er zurück ist, schon aufgeschrieben.

Zum Abschluss wählt Sezin aus, was zu seinem Herrn vordringt. Sein Herr ist Mustafa Kemal Sayhan. Ein türkischer Multimilliardär, den seine libanesische Frau ins Land gebracht hat. Sein Vermögen hat Sayhan in Saudi-Arabien gemacht. Wie Hariri, den er sehr gut gekannt hat, als sie noch jung waren. Beide sind miteinander ausgekommen, aber beste Freunde sind sie nie geworden. Geschäftlich sind sie sich zu oft über Kreuz gekommen, hat Sayhan im Nachhinein befunden.

Gegen halb eins steigt der Milliardär langsam die Treppe aus dem oberen Stockwerk des Penthouses herunter. Gut gelaunt, mit einem Glas Cognac und einer Zigarre in der Hand.

– Was so ein Attentat alles bewirken kann, mein lieber Sezin.

– Sie sagen es, mein Herr. Alle sind begeistert. So eine fulminante Wendung zum Positiven hätte niemand für möglich gehalten.

– Ich muss dir gestehen, Sezin, ich auch nicht. Das ist wie Korkenknallen aus Champagnerflaschen. Wir bekommen eine neue Regierung, halbwegs demokratische Verhältnisse. Die Syrer sind erledigt und werden aus dem Libanon abziehen müssen. Das Supermonopol Hariris und seiner Familie ist gebrochen, endlich ein freier Markt, in dem wir expandieren können. Seine Söhne haben nicht das Zeug dazu. Gott sei Dank! Und die Hisbollah? Das wird mit Sicherheit länger dauern, aber früher oder später sind sie auch fällig. Der Libanon wird die Basis einer Union, in der alle Länder friedlich zu-

sammenfinden. Sayhan nippt an seinem Glas und pafft genüsslich an seiner Zigarre.
– Gibt es sonst etwas Wichtiges, Sezin? In Anbetracht der Ereignisse und dieser späten Stunde nur das Wichtigste. Alles andere besprechen wir besser morgen.
Zwei Dinge sind da, mein Herr. Der Vorsitzende wollte noch einmal den Termin am 19. für die Zusammenkunft hier im Hotel bestätigen. Ich habe ihm gesagt, das Chez Alain ist gemietet und dass er den Champs-Élysée-Look genießen wird. Letztendlich wollte er nur wissen, ob Sie, angesichts des überwältigenden Erfolgs, nicht Ihre Meinung geändert haben?
– Nein, ganz und gar nicht, sagt Sayhan mit nachdenklicher, aber überzeugter Miene. Ich habe nur zugestimmt, um unsere Union nicht zu gefährden. Da geht es um viel Größeres als um Einzelinteressen. Das ist ein historischer Vorgang, wenn Vertreter so unterschiedlicher, teilweise verfeindeter Länder zusammenkommen, um die Zukunft der Region zu gestalten. Im Gegensatz zu vergleichbaren europäischen Elite-Zusammenkünften geht es bei uns nicht allein um Bankkonto, Hierarchie und Rang, sondern um Ideen und den Willen, sich dafür einzusetzen. Das ist unsere Stärke! Sayhan gefällt sich in der Rolle des Veränderers, Wegbereiters und Zukunftgestalters. So sieht er sich am liebsten. Nicht nur nach einigen Drinks zu fortgeschrittener Stunde und bei atemberaubendem Blick von der Terrasse eines Penthouses über die Zaarour-Berge. Nein, auch am nächsten Tag, wenn es heißt, weiter am großen Projekt zu arbeiten.
– Da wäre noch etwas, mein Herr, fügt Sezin an. Es soll heute Komplikationen gegeben haben. Das Komitee lässt fragen, ob die Observation fortgeführt werden soll.
– Was ist passiert, Sezin?

– Mein Herr, ich glaube, das wollen Sie nicht wissen. Sayhan pafft zweimal kurz an seiner Zigarre. Nicht wissen, sagst du?
– Ja, so meine ich das, mein Herr.
– Dann lassen wir es dabei bewenden, Sezin. Ich wollte meinen Kopf nicht hineinstecken und werde es auch nicht. Was sagt man dem Komitee in diesem Fall am besten?
– Man überlässt die Entscheidung ganz dem obersten Gremium, antwortet Sezin.
– Das klingt gut. Sayhan trinkt sein Glas aus. Er steht an der Brüstung und blickt in die Nacht. Dann sagt er zu Sezin: Siehst du die vielen winzigen Lichter in der Ferne? Überall sitzen dort Menschen und machen sich Gedanken, über ihre Arbeit, ihre Kinder, ihr Haus, was das Morgen bringt. So viel wurde diesen Leuten schon versprochen. Für uns ist es nun an der Zeit, die Wünsche und Sehnsüchte dieser Leute zu erfüllen. Leicht schwankend geht der Multimilliardär zur Treppe.

17. Februar 2005
01.25 Uhr
Telefongespräch zwischen Sezin Celik und Kahn bin Salah, vom Organisationskomitee der Freien Arabischen Union mit Partner Israel, (FAU-mpl)

– Guten Abend, hier ist Sezin, persönlicher Sekretär von Mustafa Kemal Sayhan.
– Guten Abend, wurde aber auch Zeit.
– Das kann gut möglich sein. Aber ich hatte erst jetzt Gelegenheit, mit meinem Herrn zu sprechen. Ich möchte es kurzmachen: Er ist mit dieser Art von Problemen nicht vertraut. Ich ebenso wenig, um Missverständnissen

vorzubeugen. Mein Herr lässt Ihnen ausrichten, dass er alles dem Komitee überlässt.
– So, meint er das.
– Ja.
– Herr Sekretär, und die beiden Leichen, die man im Auto in der Innenstadt fand?
– Darüber kann ich Ihnen am wenigsten etwas sagen, Herr Kahn bin Salah.
– Aber ich, Herr Sekretär.
– Ehrlich gesagt, erwidert Sezin, verstehe ich nicht, was Sie von mir wollen.
– Ihr Herr und noch ein anderes Mitglied haben sich ein unabhängiges Observationsteam ausbedungen, das für die Union berichtet und notfalls eingreift, falls etwas aus dem Ruder laufen sollte. Da hat jemand zu viel oder zu wenig Fernsehen geguckt, je nachdem, wie man es sehen will.
– Mein Herr sieht viel fern, wirft Sezin ein.
– Fernsehen hin oder her, fährt bin Salah fort. Mir wurde von zwei Leichen berichtet, die kurz bei der Polizei lagen, aber Gott sei Dank wieder in unseren Händen sind. Kahn wartet einen Moment, aber Sezin sagt nichts.
– Die beiden wurden ausgerechnet von einem unserer eigenen Aktionsteams erledigt. Eine völlig absurde Entwicklung. Unsere Männer bringen sich gegenseitig um.
– So kann man es sehen. Und wo liegt das Problem?, fragt Sezin, der seine sonst endlose Geduld zu verlieren scheint. Wie könnte mein Herr oder ich Ihnen in dieser Angelegenheit behilflich sein?
– Was halten Sie davon, wenn ich Ihnen die zwei Leichen nach Metn schicke und sie vom Fünf-Sterne-Koch ins Gefrierfach legen und womöglich am nächsten Tag verkochen lasse? Mit Weißwein gefällig? Aus dem Libanon, versteht sich.

– Das ist wenig amüsant, findet Sezin. Ich glaube kaum, dass der Koch dafür Verständnis hat. Vom Platz im Gefrierschrank ganz zu schweigen. Das Hotel ist ausgebucht.
– Also Herr Sezin, was mache ich mit den zwei Leichen, die Ihr Herr auf dem Gewissen hat, weil er, wie Sie schon betonten, keine Ahnung vom Metier hat und etwas bestellt hat, was völlig schwachsinnig ist? Ob er zu wenig oder zu viel fernsieht, lassen wir dahingestellt. Die Frage ist: Muss ich Ersatz für die beiden bestellen oder vergessen wir den idiotischen Einfall Ihres Herrn? Und dann haben wir noch die Leichen.
– Mir scheint Vergessen das Beste zu sein. Ihr logistisches Problem, ließe sich das nicht finanziell regeln?
– Das könnte durchaus möglich sein.
– Herr Kahn bin Salah, warum haben Sie das nicht gleich gesagt?

17. Februar 2005
02.30 Uhr
Mohammeds Erholungszentrum, Bungalow C
Bekaa-Tal

Steinbacher liegt auf dem Bett. Er ist mit Stift und Notizbuch eingeschlafen und wird nun durch Motorenlärm und Musikfetzen geweckt. Er geht zum Fenster an der Vorderfront seines Bungalows. Nabil fährt Mohammeds Landrover einmal im Kreis auf dem Platz vor dem Haupthaus. Die Lautsprecherboxen dröhnen tief. Steinbacher hält es zuerst für Hip-Hop, erkennt aber nach kurzer Zeit ein wildes Gitarrensolo. Den Abschluss von Thin Lizzy, *The Boys Are Back in Town*. Ein Song, den er mehr als zwanzig Jahre nicht mehr gehört hat. Im Anschluss setzt irgendetwas AC/DC-artiges ein. Ein Hardrock-Sampler, sagt sich Steinbacher. Nabil steuert den Wagen zum Bungalow nebenan und lässt Ismail aussteigen, bevor er mit durchdrehenden Reifen durch das Tor davonfährt. Kurze Zeit später sieht er den Hausmeister mit einem Tablett zum Bungalow eilen.

Bei Steinbacher läutet das Haustelefon.

– Haben Sie noch Hunger?, fragt Ismail. Ich habe mir einige libanesische Kleinigkeiten bringen lassen. Dazu Bier und Raki. Ich habe gesehen, dass Sie noch auf sind.

– Mezze, Bier und Raki klingt nicht schlecht. In fünf Minuten bin ich bei Ihnen.

– Die Tür ist offen, kommen Sie rein, hört Steinbacher Ismail rufen, nachdem er angeklopft hat.

Vom Gang aus sieht er Ismail im Salon mit dem Handy in der Hand stehen. Hinter ihm, links neben Tür und dem Fenster zur Terrasse, der eingeschaltete Fernseher. Der Bildschirm mit der schwarzen Trauerbinde am linken oberen Rand. Bilder von Hariri, als Familienvater, bei Friedensverhandlungen und als Geschäftsmann. Nationalhymne und Trauermusik.

– Kommen Sie nur, Herr Journalist. Setzen Sie sich und nehmen Sie einen Drink. Ich muss schnell eine SMS an meine Frau tippen.

Kaum hat er das Handy weggesteckt:

– Wie geht es Ihrem Messer im Bauch und dem Mann, der es ihnen dauernd herumdreht?

– Besser. Sie kennen doch das Gefühl, wenn Sie über Nacht furchtbare Zahnschmerzen haben, nicht schlafen können und am Morgen endlich eine Pille bekommen. Mit einem Mal ist die Hölle vorbei.

– Wer kennt das nicht?, sagt Ismail und lächelt süffisant. Er nimmt ein Stück Brot und tunkt es in die Schale mit dem Auberginenbrei.

– Bier oder Raki oder beides?, fragt er.
– Zuerst ein kaltes Bier und danach einen Raki, wünscht sich Steinbacher.
Steinbacher blickt erneut zum Fernseher. Immer noch die gleichen heroischen Bilder. Jetzt mit patriotischen Liedern unterlegt.
– Verraten Sie mir, wie Sie dazu kommen, ausgerechnet in dieser trostlosen Gegend Urlaub zu machen? Ihre Freundschaft zu Mohammed wirft kein gutes Licht auf Sie. Sie sind verdächtig.
– Aber das könnte ich auch von Ihnen behaupten.
– Ich bin Journalist, wirft Steinbacher ein.
– Das erklärt allerdings nicht, warum Sie sich im Bekaa-Tal einquartieren und sich mit Drogen sedieren. Recherche kann man das wohl nicht nennen.
– Dann nennen Sie es ein persönliches Drama, entgegnet Steinbacher. Aber Sie sind nicht hier wie ich, um etwas Schreckliches zu vergessen, das Ihr ganzes Leben, ihre Hoffnungen und Lebenswillen über den Haufen geworfen hat. Sagen Sie mir nicht, Sie sind im Import- und Exportgeschäft tätig. Für mich sehen Sie wie ein Soldat aus.
– Mit Soldat liegen Sie richtig. Ich war lange Jahre bei der Armee. Ismail schenkt sich einen Raki nach.
– Und weiter?, bohrt Steinbacher.
– Es ist eine simple Geschichte. Fallschirmspringer, dann Spezialeinheit.
– US Navy SEALs oder britische SAS?
– Zu viele Filme gesehen? Als würde es nur die beiden geben. Ich war bei der spanischen Grupo Especial de Operaciones. Als passionierter Taucher und Kampfsportler war es damals einfach reinzukommen. Nach sechs Jahren hatte ich keine Lust mehr. Hab mich selbstständig gemacht.

– Einer dieser berüchtigten Contractors, die die schmutzige Wäsche anderer waschen?
– Schon wieder Hollywood. In der Realität ist der Job wesentlich unspektakulärer. Personen- und Gebäudeschutz, die Sicherheit von Konvois organisieren.
– Lieber Ismail, ich habe das untrügliche Gefühl, Sie binden mir einen Bären auf. Sie wären nicht im Bungalow eines Drogendealers und Waffenhändlers im Bekaa-Tal, wenn Sie ein normaler Sicherheitsdienstler wären. Steinbacher nimmt sein Almaza und stößt es leicht gegen das Raki-Glas Ismails.
– Salute, ruft Steinbacher.
– Salute, erwidert Ismail.
– Geben sie mir eine Antwort, wenn ich frage, was Sie hier machen?
– Nein, antwortet Ismail.
– Weil Sie nicht können oder weil Sie nicht wollen?
– Beides.
– So schlimm?
– Als schlimm würde ich es nicht bezeichnen. Es ist ein Beruf wie jeder andere, der auch Unannehmlichkeiten mit sich bringt.
Ismail blickt Steinbacher stumm an.
– Darf ich mit dem Ratespiel weitermachen?, versucht Steinbacher weiterzubohren.
– Bitteschön, wenn es Ihnen Spaß macht.
– Kann ich davon ausgehen, dass Ihre Anwesenheit etwas mit dem Bombenattentat zu tun hat?
– Jetzt sind Sie schon am Ende Ihrer Fragerei angekommen, antwortet Ismail belustigt.
– Weil Sie nichts mehr sagen können, auch wenn Sie wollten?
– Halten Sie es, wie Sie wollen. Vergessen Sie nicht, in bestimmten Situationen ist es empfehlenswert, nicht

alles zu wissen. Das lernt man doch schon im Kino. Steinbacher schenkt sein Glas bis obenhin mit Raki voll und schüttet nur ein klein wenig Wasser dazu.

– Ich glaube, wir müssen für heute Schluss machen, entscheidet Ismail abrupt und schaltet den Fernseher aus. Es ist schon spät und ich habe einen anstrengenden Tag vor mir.

– Ein neues Bombenattentat und vielleicht zwei, drei Morde?, fragt Steinbacher lakonisch.

– Sie haben es erraten. Ismail klopft Steinbacher lachend auf die Schulter. Er begleitet ihn bis zur Tür und ruft ihm ein »Schlafen Sie gut!« nach.

Aus den Notizen Klaus Steinbachers

Er will die Kontrolle zurückgewinnen, die ihm längst abhanden gekommen ist. Er ist wie ein Bündel, das im Wasser treibt, er merkt nicht mehr, dass er längst den Boden unter sich verloren hat. Bei mir ist es letztendlich nicht anders. Mitgetrieben vom Strom. Schreiben, was von einem verlangt wird. Eine gute Geschichte ist eine gute Geschichte. Ha, eine gute Geschichte ist diejenige, die gut bezahlt wird. Aber wofür gibt es viel Geld? Fahren Sie nach Beirut, da ist immer etwas los. Insgeheim habe ich darauf gewartet, dass mir gesagt wird: Schreiben Sie doch über den Tod Ihrer Frau, wie sich das so anfühlt, bei einem Bombenattentat, über das man berichtet, seine Liebe zu verlieren. Wie gehen Sie damit um? Sie als Krisenreporter, der an den Tod gewöhnt ist. Das interessiert die Leser! Das kommt bestimmt noch.

17. Februar 2005
09.30 Uhr
Penthouse, Grand Hills Hotel & Spa,
Metn
Mount Libanon

Mustafa Kemal Sayhan sitzt beim Frühstück auf der Terrasse. Kaffee, Ei, Toast, Putenschinken und frisch gepresster Orangensaft. Den *Daily Star* neben sich auf dem Stuhl. Er ist von gestern etwas angeschlagen und hat zwei Aspirin genommen.
Sezin setzt sich zu ihm.
– Mein Herr, ich habe gestern noch alles geregelt, was die Komplikation betraf. Da bräuchte ich noch die Genehmigung von Ihnen. Er legt einen Zettel, auf dem die Zahl 15 000 und daneben das Dollarzeichen stehen, zwischen Kaffeetasse und Teller.
– Billig kann man die Lösung des Problems nicht nennen, mein lieber Sezin.
– Es waren ursprünglich nur zehntausend, habe mir allerdings erlaubt, um die Hälfte zu erhöhen. Das erhöht gleichzeitig die Motivation und lässt den Raum für spätere Gefälligkeiten. Angesichts der Schwere der Komplikation und möglicher Verbindungen, die nur im Extremfall geknüpft werden können, dachte ich, es wäre durchaus angebracht.
Sayhan sieht seinen Sekretär mit einem Stirnrunzeln an und nickt dann.
– Ich werde das gleich per Kurier an Ort und Stelle bringen lassen, mein Herr.
Sayhan leert den Orangensaft in einem Zug.
– Ich glaube, ich habe gestern zu viel getrunken.
– Im Überschwang der Gefühle sei dies erlaubt, sagt Sezin lächelnd. Selbst ich habe mir gestern Nacht noch ein

Glas Wodka gegönnt. Soll der reinste und sauberste Alkohol sein, habe ich mir sagen lassen.

Sayhan lächelt nur müde und fragt: Für unsere Versammlung am Samstag hatte ich mir gedacht, doch den größeren Konferenzraum zu buchen. Für einen den Ereignissen angemessenen Rahmen.

– Aber das Diner im Restaurant, mit über 78 geladenen Gästen, ist doch großer Rahmen genug, mein Herr. Selbst wenn die meisten davon den wahren Grund der Feierlichkeit nicht kennen. Die Versammlung sollte vor Beginn des Diners, im Rahmen des Gästeempfangs mit Aperitif und Häppchen, möglichst unauffällig stattfinden. Es sind auch nur neun Teilnehmer. Soviel ich weiß, befindet sich der große Saal in einem anderen Flügel. Das wäre nicht so praktisch.

– Du hast wie immer recht, Sezin. Vergessen wir den großen Konferenzsaal. Und alle werden kommen?

– Neun haben zugesagt, drei sind unabkömmlich und werden mit Video zugeschaltet. Verschlüsselt, versteht sich.

– Wird auch unser Mann kommen, dem wir unseren raschen Erfolg verdanken?

– Ich arbeite daran. Sie wissen, er scheut jede Art von Öffentlichkeit.

– Sagen Sie ihm nur, Sezin, ich wünsche sein Erscheinen. Er teilt doch auch unsere politischen Ziele.

– Es scheint so, mein Herr. Unsere Partner haben ihn empfohlen. Mehr weiß man nicht.

– Ein Agent, Sezin? Ein faules Ei, dass man dem lieben Hariri, Gott hab ihn selig, ins Nest gelegt hat. Sehr geschickt, muss ich schon sagen. Informant und Schläfer zugleich?

– Mein Herr, ehrlich gesagt, da müsste ich spekulieren. In derartige Dinge mischt man sich besser nicht ein und überlässt es denjenigen, die damit umzugehen wissen.

17. Februar 2005
11.30 Uhr
Haus von Mohammed
Bekaa-Tal

– Du siehst alles andere als frisch aus, begrüßt ihn Mohammed.
– Habe mit dem Journalisten noch ein Gläschen getrunken, erklärt Ismail. Konnte nicht gleich einschlafen, noch einen Raki und noch einen und morgens zu früh aufgewacht. Die Routine mit den Kindern.
– Ja, die innere Uhr lässt sich nicht ausschalten. Das kenne ich gut, erklärt Mohammed. Willst du was trinken? Kaffee, Tee?
– Ja, Tee wäre nicht schlecht.
Mohammed ruft in die Küche: Machst du mal Tee!
– Heute haben wir diesen Zakaria, sagt Ismail. Wird im Prinzip das Gleiche wie bei unserem drogensüchtigen ..., mir fällt der Name nicht mehr ein.
– Mokhtar.
– Okay, wie bei diesem Mokhtar. Nabil fährt wieder Taxi, statt Heroin Insulin. Wir drehen 'ne Runde und setzen ihn in der Nähe von Mama oder auf dem Nachhauseweg ab.
– Wieso schon wieder so kompliziert? Das ist ja wie im Kino, beschwert sich Mohammed. Ich mache den Elektroschocker schärfer, drück ihm das Ding rein, bis er einen Herzinfarkt hat und fertig. Wir wollen uns doch nicht als Ärzteteam bewerben.
– Mohammed, man will von uns behutsames Vorgehen. Niemand soll über die Leichen auf dumme Ideen kommen. Frag mal Abu Taleb, was der von deinem Vorschlag hält. Der bekommt einen Tobsuchtsanfall. Mit Elektroschocker könnte man denken, er wurde gefoltert. Den Rest kannst du dir denken.

– Und deine Nummer gestern in der Innenstadt, Ismail? War alles andere als dezent. Das hätte auch böse in die Hosen gehen können.
– Glück und Können gehören zusammen, erwidert Ismail lapidar und nimmt einen Schluck Tee, den Mohammeds Frau in der Zwischenzeit gebracht hat. Wie üblich zuckersüß.
– Ah, ist das gut. Warum kann ich das zu Hause nicht so bekommen? Ismail schüttelt den Kopf.
Mohammeds Handy läutet. Mit einem Blick aufs Display: Hallo, Abu Taleb. Wir haben gerade von dir gesprochen. Was du doch für ein schlechter Mensch bist.
– Lass mich in Ruhe, ich habe andere Sorgen. Ich habe mich um eure Leichen gekümmert. Die gibt es nicht mehr. Man hat sie einige Stunden später in ihrem Auto gefunden und in die Gerichtsmedizin gebracht. Da sind sie spurlos verschwunden. Es geht wie geplant weiter. Wenn ihr den Zeitplan einhaltet, kann Ismail am Freitag verschwinden. Man will in aller Ruhe feiern, wie ich hörte. Leichen sind da kontraproduktiv.
– Mir soll das recht sein, sagt Mohammed. Und Ismail wird dagegen nichts einzuwenden haben.
– Keine langen Reden. Wir sprechen uns Donnerstagabend. Abu Taleb legt auf.
– Wie immer die Freundlichkeit in Person, stellt Mohammed fest. Hey Ismail, du kannst Freitag verschwinden.
– Das ist doch mal was. Ismail nickt zufrieden.
– Abu Taleb hat die beiden Leichen verschwinden lassen. Direkt aus der Gerichtsmedizin.
– Das ist ja ein Ding, findet Ismail. Auf den alten Knaben ist wirklich Verlass.
– Kann man wohl sagen. Es geht weiter, wie geplant.

Essen wir noch, bevor wir losfahren? Oder holen wir uns lieber in Beirut wieder etwas?
– Deine Frau hat doch bestimmt schon angefangen zu kochen?, fragt Ismail.
– Natürlich.
– Dann lass doch etwas einpacken. Wir essen gemütlich im Appartement vor dem Fernseher und leiten direkt zur Siesta über.
– Wunderbare Idee, Ismail. Mit vollem Magen nach Beirut zu fahren ist eh kein Vergnügen. Mohammed marschiert schnurstracks in die Küche und kommt freudestrahlend zurück. Sie macht uns extra etwas, das man leicht aufwärmen kann. Ich muss Nabil nachher noch anrufen. Der wird sich auch freuen. Ich habe ihn heute Vormittag losgeschickt, um Zakaria für eine Weile im Auge zu behalten. Ich habe einige Gramm Semtex aufgefüllt, damit es besser bumst. Ich war heute schon fleißig, während du deinen Rausch ausgeschlafen hast.

17. Februar 2005
12.11 Uhr
Telefongespräch Mohammed – Nabil

– Hey Nabil! Wie läufts?
– Alles okay. Zakaria ist gerade beim Einkaufen, wie er es immer macht, wenn er abends zu Mama geht. Sieht so aus, als würde alles normal laufen.
– Prima! Wir sind stolz auf dich. So stolz, dass wir Mittagessen von meiner Frau mitbringen. Wir essen im Appartement mit anschließender Siesta!
– Sehr gute Idee, sagt Nabil. Ich muss jetzt los. Er legt auf.

17. Februar 2005
13.35 Uhr
In der Nähe des Märtyrer-Platzes
Beirut

Auf dem Weg in die Stadt kommen Ismail und Mohammed in einen Stau. Hupen, Beschimpfungen und Lackschäden. Nach einer halben Stunde schaffen sie es, über eine Seitenstraße auszuweichen. Seit dem Bombenattentat wird im Zentrum Beiruts täglich demonstriert. Jeden Tag werden es mehr, die sich pünktlich, kurz vor 13 Uhr, dem Zeitpunkt der Explosion, in der Innenstadt einfinden. Heute sind über 50000 gekommen, wie es im Radio heißt.
Meine verehrten Zuhörer, das ist die größte Kundgebung, die seit der Beerdigung Hariris stattfand, verkündet die Sprecherin, die in der Nähe des Gebäudes der Tageszeitung *An Nahar* steht. Eine Demonstration gegen Terrorismus, für Freiheit und Demokratie.

17. Februar 2005
13.41 Uhr
Schnellimbiss, Burj Hammoud
Beirut

Ach Gott, was wollen diese Pisser alle nur, schimpft Abu Taleb, der vor dem Fernseher in Mahmouds Imbiss die Live-Bilder der Demonstration sieht. Er flucht kurz und beißt in seinen doppelten Cheeseburger, mit Ei, Ketchup und extra viel Mayonnaise. Vor ihm eine Cola, obwohl er gerne ein eiskaltes Bier gehabt hätte. Das gibt es hier nicht. Scheißladen! Er ist aber zu faul gewesen, irgendwo anders hinzugehen.

Abu Taleb hat schlechte Laune. Ganz unabhängig vom Essen und Alkohol. Schon der dritte Tag, erst ein Kerl weg, aber ein Wohnungswechsel und zwei Leichen, die nicht zum Programm gehören. Miese Bilanz, ganz miese Bilanz. Ob Ismail das noch im Kreuz hat? Vielleicht ist er einfach zu alt für den Job? Die zwei Jungs im Auto hat er gut weggemacht. Wie in alten Tagen. Leider sind es die Falschen gewesen. Ach was, der macht das! Abu Taleb bestellt Pommes Frites. Als der Kellner ihm den Teller hinstellt, blafft er:

– Hoffentlich schmecken die besser als dein beschissener Cheeseburger.

Der Kellner will etwas erwidern.

– Ich rate dir, mach deinen Mund erst gar nicht auf. Bloß nicht, mein Freund! Ich habe so schlechte Laune, dass ich dich glatt erschieße.

17. Februar 2005
13.55 Uhr
Grand Hills Hotel Spa
Metn
Mount Libanon

Mustafa Kemal Sayhan besucht am späten Vormittag den Hammam, um den Alkohol der vergangenen Nacht herauszuschwitzen. Danach Massage, Hand- und Fußpflege. Zwischendurch führt er einige Telefongespräche. Darunter mit Präsident Lahoud, der sich, noch kurz entschlossen vor dem Mittagessen, ebenfalls im Spa befand, allerdings in Beirut. Er ist völlig ratlos und will sich von seinem alten Freund Sayhan einen Tipp geben lassen.

– So leid es mir tut, Herr Präsident, da müssen Sie jetzt durch. Selbst wenn die Fakten eine andere Realität zei-

gen, die Menschen wollen sie nicht wahrhaben. Mit großer Genugtuung gingen diese Worte über Sayhans Lippen. Wie viele Tausende von Dollars, wie viele Geschenke hat er dem Präsidenten im Laufe der Jahre gemacht. Für eine Unterschrift da, für Gefälligkeiten und Beziehungen dort. Völlig überteuert, die Forderungen des Kerls! Aber Sayhan hatte keine Wahl, wenn er ohne Hariris Kontaktnetz auskommen wollte.
– Keine Panik, Herr Präsident, in ein, zwei Wochen allerspätestens wird sich alles beruhigen und seinen normalen Gang gehen. Glauben Sie mir.
– Ach, wirklich?, antwortet der Präsident, was Sayhan wie eine Symphonie in den Ohren klingt. Wie schön, diese Unsicherheit in der Stimme! Der Mann ahnt es, will es aber noch nicht wahrhaben. Allzu lange macht es Herr Präsident Lahoud nicht mehr. Er ist fertig. Ich werde ihn fallenlassen. Das kommt davon, mein Präsident, wenn man nur nach dem Geld schielt. Ich habe besser gezahlt als Hariri, aber mein Freund waren Sie deshalb noch lange nicht. Unsere Sache braucht Männer von Format und mit Visionen. Keine Prostituierten, denen Schwimmen und das Bräunungsstudio wichtiger als die Nation sind. Und deine Syrer, für die du den Hampelmann gespielt hast, können dir auch nicht mehr helfen. Die Wende hat begonnen.
Sie haben heute aber eine ausgesprochen gute Laune, sagt die Maniküren, als sie zum Abschluss seine Nägel mit einer Schutzlotion eincremt.

17. Februar 2005
18.52 Uhr
Appartement, Sin el-Fin
Beirut

– Hoffe, die alten Herren und gestressten Familienväter haben wohl geruht. Nabil macht sich lustig über Ismail und Mohammed, die fast zwei Stunden geschlafen haben. Wir müssen langsam los!

Sie folgen Zakaria bis zum Haus seiner Mutter, bei der er wie gewohnt um 20 Uhr eintrifft. Zwei Stunden später kommt er aus dem Eingang, will aber partout nicht in Nabils Taxi steigen. Zakaria geht auch nicht auf dem kürzesten Weg nach Hause. Beinahe verlieren sie ihn sogar, nachdem er in die St.-Myriam-Straße eingebogen ist, in der es zahlreiche Cafés gibt und jede Menge Leute noch bis spätabends auf und ab flanieren. Nabil findet ihn schließlich an der nächsten Kreuzung wieder. Über Funk dirigiert er Ismail und Mohammed, die ihn doch noch abpassen.

Schwer atmend von der Lauferei, drückt Mohammed ihm den Elektroschocker in den Bauch und zerrt ihn ins Taxi. Zakaria zappelt auf der Rückbank, als würde er von einem Wildpferd durchgeschüttelt. Ismail muss zweimal laut Stopp rufen.

– Warum konnte dieser Mistkerl nicht einfach nach Hause gehen, statt uns das Leben schwerzumachen?, flucht Mohammed.

– Jetzt beruhige dich, es ist gleich vorbei. Konzentrier dich lieber und setz die Nadel. Und du, Nabil, befiehlt Ismail, fahr jetzt bitte etwas langsamer.

– Achtung, Achtung, beginnt Mohammed mit theatralischer Stimme. Wir haben hier einen Notfall. Der Diabetiker hat sein Insulin nicht eingenommen.

Wenige Minuten später bekommt Zakaria einen Zuckerschock.
– Herr Doktor, Herr Doktor, was passiert hier nur?, blödelt Mohammed weiter. Unser Patient wird so blass und der Schweiß steht ihm auf der Stirn. Oh! Mein Gott, wird er sterben?
– Was ist los mit dir? Ismail schüttelt den Kopf. Sieht so aus, als hättest du einen Zuckerschock und nicht er.
– Man wird wohl noch einen Witz machen dürfen, wehrt sich Mohammed. Wir sind das mobile Ärzteteam, Dr. Ismail und Dr. Mohammed im Einsatz mit unserem Teufelsfahrer Nabil.
– Ich will auch Arzt sein, ruft Nabil kichernd nach hinten.
– Dreht ihr jetzt beide völlig ab, ihr Vollidioten?, schimpft Ismail, erntet aber nur schallendes Gelächter.
Vor der Rückfahrt wird wie üblich das Auto getauscht. Ismail ist müde und nickt im Wagen immer wieder ein. Er fühlt sich zu alt als Fußsoldat. Abu Talebs Job möchte er jedoch auch nicht haben. Vielleicht sollte er eine Bar aufmachen. Getrunken wird immer. In einem kleinen Touristenort am Meer, mit echt hausgemachtem Essen. Am Wochenende Fußball. Keine Reisen mehr, keine Geheimniskrämerei, stinknormaler Alltag. Frau und Kinder würden sich freuen. Er würde Cocktails am Strand mischen. Laute Salsa-Musik. Von der Veranda der Bar winkt seine Frau. Auf dem dunkelblauen Meer tummeln sich Surfer in den hohen Wellen. So viele Jahre im Einsatz überstehen nicht viele. Wer nicht tot oder zum Krüppel geschossen ist, sitzt im Knast oder in der Fremdenlegion.
– Aufwachen, Aufwachen, hört Ismail eine Stimme. Nabil rüttelt ihn an der Schulter.
– Wir sind da. Deine Siesta hat dir wohl nicht gereicht. Solltest früher ins Bett gehen oder nicht so viel saufen.

18. Februar 2005
01.20 Uhr
Mohammeds Erholungszentrum, Bungalow B
Bekaa-Tal

Ismail nimmt eine lange heiße Dusche. Danach kaltes Bier und wieder Mezze. Er geht zum Fenster und sieht, dass bei Steinbacher noch Licht brennt.
Ismail ruft ihn auf dem Gasttelefon an. Es läutet viermal, bis der Journalist antwortet.
– Sie sind wohl gerade am Arbeiten?, fragt Ismail ironisch.
– Wo waren Sie heute?, fragt Steinbacher, ohne zu antworten. Wie war das Morden?
– Wie immer, meint Ismail gespielt lakonisch. Nicht sehr aufregend, Routine eben. Aber Spaß beiseite, Lust auf einen Drink und einen Happen wie gestern?

Die Tür steht offen. Ismail sitzt auf dem Sofa im Wohnzimmer.
– Gibt es etwas Neues?, fragt Steinbacher.
– Sie meinen zu Hariri? Immer noch dieselben Spekulationen, ob Selbstmordattentäter, Rakete, eine Bombe im Auto oder unter der Straße.
– Glauben Sie, dass man herausfindet, wer es war?
– Nein, ehrlich gesagt nicht.
– Weil wir im Libanon sind?
– Nein, das hat damit kaum etwas zu tun. Das ist eine politische Intrige, bei der von vielen Seiten an vielen Strängen gezogen wird. In so einem Geflecht ist es unmöglich, die Wahrheit herauszufinden.
– Für mich klingt das wie eine Verschwörungstheorie, wirft Steinbacher ein. Man denkt an Netzwerke, Geheimdienste, Staatsintrigen und von langer Hand geplant...

– Ich glaube, Sie sind einfach zu naiv. Wie die meisten Menschen, die denken, so etwas gibt es nur im Kino.
– Sie kennen sich aus!
– Gelernt ist gelernt, als Elitesoldat einer Anti-Terror-Spezialeinheit.
– Was bringt einen Ex-Elitesoldaten nach einem Großattentat in das Haus eines gesuchten Kriminellen?
– Jetzt fangen Sie schon wieder damit an. Sehen Sie, meine Tätigkeit hier ist morgen beendet. Ich fliege am Samstag nach Hause und Sie sollten auch verschwinden. Ich könnte Sie im Auto mitnehmen.
– Beirut oder Flughafen?
– In Ihrer Situation ist Flughafen angebrachter.
– Das klingt gefährlich.
– Jetzt wollen wir nicht übertreiben, versucht Ismail die Situation sichtlich amüsiert zu entschärfen. Sie sollten einfach raus und etwas anderes sehen.
– Ich muss zuerst noch in meine Wohnung. Koffer, Klamotten, Computer, das Notwendigste einpacken.
– Kein Problem. Stoßen wir auf unsere Reise an!

18. Februar 2005
10.03 Uhr
Telefongespräch Steinbacher – Olaf

Zweimal hat Steinbacher den Anruf einfach weggedrückt.
– Sorry, ich liege noch im Bett.
– Der *Globo*-Korrespondent ganz cool als Schlafmütze.
– Ich habe einen Kater. Viel zu viel Bier und Raki. Warte mal, der muss weg. Steinbacher greift zum Nachttisch und nimmt den Beutel von Nabil.
– In zwei Sekunden wird es gleich besser gehen, sagt

er zu Olaf, der ein langes Schnüffeln mit anhören muss.
– Schlecht lässt du es dir nicht gehen.
– Sonst kann ich keinen klaren Gedanken fassen.
– Was ist nun Sache? Olaf ist neugierig.
– Ich fahre mit Ismail am Samstag zum Flughafen. Vorher habe ich noch ein wenig Zeit, mein Köfferchen zu packen.
– Und er?
– Erzählt nicht viel. Nur einmal im Suff sprach er von sich als Müllmann, der das tue, was eben ein Müllmann macht. Nämlich den Abfall wegräumen. Dabei hat er komisch gelacht.
– Haben da bei dir nicht die Glocken geläutet?, fragt Olaf.
– Was heißt geläutet? Mir kamen *Pulp Fiction* oder der *Cleaner* in den Sinn. Filme eben. So etwas gibt's nur im Kino.
– Was auch immer, Klaus. Morgen sitzt du im Auto nach Beirut. Schick mir eine SMS, sobald du unterwegs bist. Ich stehe dann vor deiner Wohnungstür. Dann fahre ich dich zum Flughafen. Da kann ich dich mit meinen Sprüchen noch ein bisschen malträtieren.

18. Februar 2005
11.30 Uhr
Penthouse, Grand Hills Hotel & Spa, Metn
Mount Libanon

Sezin sitzt in seinem Büro auf der Terrasse und legt mit Maître Alain das Gala-Menü des morgigen Abends fest. Nach zwei Tage langen Verhandlungen einigt man sich auf folgendes Zehn-Gänge-Menü. Eine Mischung aus Tradition und Moderne, hat Sezin vom Maître gefordert, um Geschmack und Ansprüche der Gäste zu erfüllen.

- Austern und Kaviar
- Ochsenschwanzsuppe
- Frischer Hummer mit zwei Soßen
- Warme Rebhuhnbrustpastete und kaltes Trüffelragout
- Frühlingssalat mit Rucola
- Steinbutt mit Soße Maître Alain
- Artischocken überbacken
- Doppelte Lendenschnitte mit Sauce Béarnaise und gebackenen Kartoffeln
- Käsevariation, Datteln und Feigen
- Birnenkompott, Orangencremetorte und Schokoladenkuchen
- Kaffee, Cognac und Likör

Die Weinliste steht noch nicht fest, aber Sezin überlässt es Maître Alain, für jeden Gang den besten Wein auszuwählen. Zum ersten Gang, den Austern und Kaviar, wird es natürlich Champagner geben. Maître Alain hatte schon eine Idee, will aber erst im Keller nachsehen, was und wie viel davon vorhanden ist.

Sezin ist zufrieden, als der Maître mit dem Menüzettel in der Hand verschwunden ist.

Für die Kurzkonferenz vor dem Essen sind nur die üblichen Arrangements nötig. Wasser, Saft, Kaffee und Tee. Sezin wird persönlich am Eingang stehen und den Einlass übernehmen. Nicht, dass ihnen im Getümmel aus Versehen ein faules Ei unterkommt. Sezins Telefon läutet. Es ist der Vorsitzende, und diesmal muss er zu seinem Herrn durchstellen.

– Mein Herr, der Vorsitzende am Apparat.

– Hallo, mein lieber Arslan. Wie geht es Ihnen?

– Gut, danke, und Ihnen? Alles bestens?

– Kann man wohl sagen, kann man wohl sagen, Arslan. Wir sind doch alle dieser Tage in Hochstimmung.

– Wie laufen die Vorbereitungen, mein lieber Mustafa?
– Hervorragend. Ich kann es nicht anders sagen, hervorragend.
– Sie wissen ja, das Fest ist eine Sache. Unsere Zusammenkunft eine weitaus wichtigere. Wir haben uns lange nicht alle zusammen getroffen.
– Ich weiß, ich weiß, Arslan. Die Umstände, die Umstände. Und sonst? Ich hörte, es gab Komplikationen.
– Kleinigkeiten, die geregelt sind. Alles geht seinen Lauf. Wenn wir uns morgen Abend treffen, ist der Bau des Fundaments abgeschlossen. Es gibt weitere Pläne, aber dazu morgen mehr, mein lieber Mustafa. Haben Sie mit dem Präsidenten seit dem tragischen Ereignis gesprochen?
– Ja, erst gestern. Er wirkt etwas nervös und weiß nicht recht, was er davon halten soll. Ich glaube, er ahnt, dass es mit ihm und seinem Regime zu Ende geht.
– Das ist schön zu hören. Ich habe mit ihm nichts zu tun. Das macht mein Kollege von der Nationalen Sicherheit. Sie kommen weitaus besser miteinander zurecht. Aber bald nützt ihnen das auch nichts mehr.
– Ja, das wollen wir hoffen.
– Nein, nein, Mustafa. Wir brauchen nicht mehr zu hoffen. Wir haben Gewissheit. Ach, noch eins. Falls wir erneut einen Kredit benötigen, können wir da wie üblich auf Sie zählen?
– Natürlich, eine Selbstverständlichkeit. Rufen Sie meinen Sekretär an, und der wird es umgehend in die Wege leiten. Die Dauer des Transfers hängt, nicht zu vergessen, von der Höhe der beanspruchten Summe ab.
– Keine Sorge, mein lieber Mustafa, das hält sich alles im angemessenen Rahmen. Nun gut, wir sehen uns morgen. Ich freue mich.
– Ganz meinerseits, erwidert Sayhan und legt auf. Er drückt auf Wahlwiederholung und Sezin meldet sich.

– Hast du alles?
– Ja, aufgenommen und abgespeichert. Auf Nummer sicher gehen, wie Sie immer sagen, mein Herr.
– Allerdings. Erinnerst du dich an die Höhe der beiden letzten Zahlungen?
– Einmal 35 000, die andere 25 000, rekapituliert Sezin aus dem Kopf.
– Und die große vom letzten Jahr?
– 275 000.
– Nicht schlecht, Sezin. Kannst du mal herausfinden, was so ein Direktor des Militärischen Geheimdienstes verdient? Und welche Einkünfte er sonst noch haben kann?
– Jawohl, mein Herr. Geht in Ordnung.
– Sezin, was würde ich nur ohne dich tun? Ach, noch eins. Was macht unser Ehrengast?
– Ich denke, er wird kommen.

18. Februar 2005
16.21 Uhr
Appartement, Sin el-Fin
Beirut

Diesmal schlafen alle drei den Schlaf der Gerechten. Ismail, Mohammed und Nabil im Wohnzimmer auf den Matratzen und mit Kissen am Boden. Auf dem Tisch Geschirr und Essensreste vom Mittag. Nabil steht wie üblich als Erster auf und macht Kaffee. Er muss auch als Erster los, nach Haret Hreik und da Majid mit seinen Kindern zum Instituto Cervantes folgen. Dort übernehmen Ismail und Mohammed.
Danach hat er Zeit, um eine Kleinigkeit zu essen oder ins Café zu gehen. Er muss erst gegen zehn auf Position sein, an der Umgehungsstraße von Haret Hreik.

Nachdem er seinen Kaffee getrunken hat, geht er zu Mohammed und stößt ihn leicht mit dem Fuß an.
– He, Nachmittagsschlaf ist vorüber. Ich fahre jetzt und ihr solltet auch bald los.
Mohammed murrt, dreht sich um, riecht den Kaffee.
– Frischer Kaffee, das ist etwas anderes.
Er steht auf und holt aus der Küche zwei Tassen, die er auf den Wohnzimmertisch stellt.
– Danke, sagt Ismail, der sich ebenfalls hochrappelt.
Eine Weile sitzen beide stumm mit ihrem Kaffee in der Hand.
– Ich habe noch einmal überlegt, unterbricht Ismail die Stille. Wir müssen ihm den Magneten sofort unters Auto kleben. Nicht erst bis zur letzten Minute warten. Dann ist auch viel mehr los, wie wir am Mittwoch gesehen haben.
– Kommt darauf an, wo er parkt, meint Mohammed.
– Denke, das ist nicht so das Problem. Von Nabil wissen wir, wohin er fährt. Sobald er mit den Kindern losgeht, steigst du aus und gehst zu seinem Auto. Ich fahre mit unserem daneben. Tür auf, du packst das Ding vom Sitz und runter damit. Die Aktion dauert keine dreißig Sekunden.
– Dann können wir nur hoffen, dass er keine Lust hat, mit seinem Vierradantrieb kurz ins Gelände zu fahren.
– Der geht einkaufen wie das letzte Mal oder setzt sich ins Café, ist sich Ismail sicher. Nach Hause fahren lohnt sich nicht für ihn.
– Noch etwas, an das wir gar nicht gedacht haben. Dieser Majid fährt einen Jeep Grand Cherokee.
– Ja, warum? In Blaumetallic. Schöner Wagen, sagt Ismail anerkennend.
– Ist das einer dieser modernen Geländewagen, bei denen die Plastikverkleidung bis unter den Fahrzeugboden

reicht? Bei meinem könnte ich vorne unter der Fahrerseite nichts anbringen. Hinten reicht das untere Plastikteil der Karosserie ebenfalls ziemlich weit.
– Nein, der Jeep Grand Cherokee hat das nicht, behauptet Ismail. Das ist solide Arbeit, ohne Plastikfummel. Der liegt auch relativ hoch. Da siehst du das auf einen Blick. Check zuerst und dann ran an das Ding.

18. Februar 2005
18.00 Uhr
Stadtzentrum
Beirut

Ismail steht neben dem Wagen. Er telefoniert kurz mit Nabil.
– Sie sind heute pünktlich, sagt er zu Mohammed durchs offene Wagenfenster. So in fünf Minuten müssten wir ihn auf der Funke haben. Das Paket liegt hinten auf der Rückbank, mit einem Tuch zugedeckt. Hast du deinen Knopf?
– Ja, Funke eingeschaltet.
Um 18.06 meldet sich Nabil.
– Ihr müsst mich jetzt hören können.
– Tun wir, antwortet Ismail.
– Wir kommen normal von oben, berichtet Nabil. Schätze, er wird wie beim letzten Mal an der gesperrten Straße zur Fußgängerzone da am Eck anhalten.
– Okay, wir übernehmen.
Zwei Minuten später sehen sie den blaumetallicfarbenen Jeep Grand Cherokee vorbeifahren. Nabil hat recht. Wie beim letzten Mal hält Majid am Eck der gesperrten Straße. Als er aussteigt, um seinen Kindern aufzumachen, geht Mohammed los.

Ismail startet den Motor, dreht das Lenkrad und ist ausfahrbereit.
In 1 und 2 und 3 und, hört er Mohammed im Ohr. Dann folgt plötzlich ein lautes Stopp. Majid kehrt zum Auto um. Von der Rückbank nimmt er verärgert eine Tasche und ein Buch. Dann geht er halb im Laufschritt zu den Kindern zurück und rempelt beinahe Mohammed an.
Und los, sagt er zu Ismail, der aus der Parklücke fährt.
Sobald Ismail neben dem Grand Cherokee steht, bückt sich Mohammed, geht auf die Knie. Ismail hört die Hintertür aufgehen und Mohammeds schweres Atmen.
Ismail klopft mit den Fingern unwillkürlich aufs Lenkrad.
– 1 und 2 und 3 und los Mohammed! Wo bleibst du?
Keine Antwort.
Dann endlich: Die hintere Tür geht mit einem Kracher zu. Mohammed steigt ein. Ismail gibt Gas.
– Und?, fragt er Nabil.
– In letzter Sekunde, meine Freunde. Majid verlässt in diesem Moment das Instituto Cervantes. Alles okay. Nur ein Mopedfahrer hat kurz gestutzt, ist aber weitergefahren. War nicht einfach, eine gute Stelle zu finden, erklärt Mohammed.
Ismail und Mohammed fahren Richtung Starbucks Café und suchen einen Parkplatz.
– Majid bleibt im Stadtzentrum, gibt Nabil durch.
– Er hat vor dem Blida-Einkaufszentrum einen Parkplatz gefunden und geht jetzt rein. Belassen wir es dabei?
– Ja, Kaffeepause, bestätigt Ismail.
Sie treffen sich bei Starbucks. Nabil sitzt freudestrahlend vor einem Blaubeer-Muffin. Mohammed und Ismail geben sich mit Cappuccino zufrieden.
– Wir lassen uns nicht mehr blicken, entscheidet Ismail. Wir müssen nicht unbedingt an ihm dranbleiben. Er

fährt mit den Kindern nach Hause zum Abendessen. Nabil, du nimmst das andere Auto aus der Garage. Wir sollten den Typen nicht unterschätzen. Du checkst, ob er, wie üblich, seinen Kumpel abholt. Wir brauchen beide im Wagen.

18. Februar 2005
21.16 Uhr
Mehdi-Allee 122
Haret Hreik
Beirut

– Alle beide sitzen im Auto, berichtet Nabil. Sie suchen einen Parkplatz vor ihrem Büro.
– Gut, behalte alles im Auge, aber weit weg. Wir fahren zur Umgehungsstraße. Auf dein Signal wechseln wir.
Nabil fühlt sich keine Sekunde wohl in seiner Haut. Wenn etwas schiefgehen kann, dann hier. Jeder Fußgänger, jeder Fahrer, der vorbeikommt, kann Meldung machen. Es gibt Patrouillen, die den Stadtteil abfahren und nach jeder kleinen Veränderung Ausschau halten. Der zionistische Feind kann überall und jederzeit zuschlagen. Sobald ein Fremder entdeckt wird, kontrollieren ihn zivile Streifen der Hisbollah.
Nabil macht sich im Auto möglichst klein. Als Majid und sein Begleiter eineinhalb Stunden später aus dem Haus kommen, ist das wie eine Erlösung.
– Gott sei Dank, sagt Nabil und gibt an Ismail durch. Sie gehen zum Wagen. Lass uns tauschen.
Majid ist aus der Parklücke noch keine 100 Meter auf der Straße gefahren, als Mohammed und Ismail langsam vorbeifahren. Nabil fährt zu seiner Position auf der Umgehungsstraße, wo ein stehendes Fahrzeug nicht auffällt.

Ständig halten Taxis, Kleinbusse und Privatautos. Leute steigen aus und ein. Nabil fühlt sich viel wohler. Er will auch gar nicht dabei sein. Nabil hat einen Heidenrespekt vor Sprengstoff. Lieber einen anständigen Schusswechsel als eine Bombe.
Mohammed und Ismail sind außer Sichtweite zurückgeblieben.
– Sie fahren zum Café, erkennt Mohammed mit einem Blick auf den GPS-Monitor. Relativ langsam, sie scheinen sich zu unterhalten. Ismail gibt Gas.
– Da vorne sind sie. Mohammed zeigt mit dem Finger auf zwei aufleuchtende Bremslichter. Ismail, wir sind in Reichweite.
Der Parkplatz gegenüber dem Café ist von weitem einzusehen. Zwei Lampen sind an Telefonmasten befestigt. Ein weißes Leuchtschild mit der Aufschrift Café Aleppo gibt zusätzlich ein wenig Licht.
– Wenn sie auf ihren Parkplatz fahren und stoppen, ist es soweit, verkündet Mohammed.
Der blaumetallicfarbene Jeep Grand Cherokee setzt den Blinker rechts.
Er hält beim Parkwächter.
– Mohammed, siehst du das? Da sind noch zwei weitere Wagen mit Leuten. Auch Frauen darunter.
Mohammed reagiert nicht. Der Parkwächter deutet auf einen Platz links hinten an der Wand.
Der Grand Cherokee fährt ein Stück geradeaus an der ersten Reihe parkender Autos vorbei.
– Hey Mohammed, ich glaube, sogar Kinder. Lass uns warten. Mohammed hält den Sender steif in der Hand, blickt starr auf den Parkplatz.
Der Jeep biegt links ab und fährt in die Parklücke direkt vor ihnen.
– Hey, Mohammed, hörst du nicht?

– Zu spät, sagt Mohammed grinsend, als die Bremslichter aufleuchten.

Nabil hat das Gefühl, das Auto würde vibrieren. Dann ein dumpfer, lauter Knall. Er blickt zum Himmel, der in Richtung Café erleuchtet ist. Dann noch eine Detonation. Das muss der Tank gewesen sein, sagt sich Nabil. Der Himmel ist für Momente noch heller. Nabil startet den Wagen, legt den ersten Gang ein und fährt ein Stück vor. Um ein Haar touchiert er einen Minitransporter, der abrupt abbremst und rechts ranfährt.
– Braucht mich jemand?, fragt Nabil.
Keine Antwort.
– Hallo, braucht mich jemand?, wiederholt Nabil. Ich warte.
Wieder keine Antwort.
Um ihn herum bleiben immer mehr Wagen stehen. Die Leute steigen aus und schauen Richtung Explosion. Nabil schaltet den Funk ein und wieder aus.
– Hallo, braucht mich jemand?, fragt er erneut.
Jetzt hört er Geräusche, Rascheln, vielleicht eine Tür schlagen.
Dann kommt: Nein, danke. Wir sind unterwegs.
Nabil ist erleichtert und fährt los. Blaulicht und Sirenen kommen ihm entgegen. Krankenwagen und Polizei. Dazwischen mischt sich von hinten das tiefe Sirenenbrummen der Feuerwehr.
Nabil grinst. Auf halbem Wege nach Sin el-Fil zum Appartement meldet sich Ismail per Telefon. Nabil muss sie abholen. In einer Autowerkstatt in Furn al Chebak, ganz in der Nähe der Badero-Straße, wo ein kleiner Park ist. Sobald er dort ist, soll er den Mechaniker anrufen und ihm sagen, wie er zu ihm kommt. Seine Telefonnummer bekommt Nabil per SMS.

18. Februar 2005
23.38 Uhr
Werkstatt
Furn al Chebak
Beirut

– Na, was ist denn mit euch passiert?, fragt Nabil, als er den Wagen sieht.
– Jemand konnte den Hals nicht voll genug bekommen und hat zu viel Semtex eingepackt, erklärt Ismail verärgert. Dem Wagen daneben hat es auch gleich den Tank zerrissen.
– Du hast dich doch beschwert, dass es letztes Mal zu wenig war und dieser blöde Politiker überlebt hat, verteidigt sich Mohammed. Jetzt ist es wieder nicht recht, obwohl es wirklich gerumst hat. Mohammed kann ein Grinsen nicht unterdrücken.
– Viel zu viel, sagt Ismail verärgert. Um ein Haar wären wir draufgegangen, was uns da um die Ohren flog. Beinahe sind wir nicht weggekommen.
– Du übertreibst wie immer, findet Mohammed. Sind wir tot? Verhaftet? Sind wir nicht quicklebendig? Und fahren wir nicht alle gleich nach Hause, um schön zu essen und zu trinken? Also bitteschön!
Ismail schüttelt den Kopf und schweigt.
– Jetzt sagst du nichts mehr. Ich wusste es.
Der Mechaniker kommt. Ich sag es euch gleich, ohne Abu Taleb würde ich euch nicht reinlassen. Was ist denn das für eine Karre? Was habt ihr mit der angestellt? Sieht aus, als seid ihr in Schrapnellfeuer geraten. Der Bürgerkrieg ist doch längst vorbei. Er begutachtet den Wagen. Guck dir das mal an! Wer von euch hat am Steuer gesessen?
Ismail nickt.

– Du bist ein richtiger Wunderknabe. Siehst du die zwei Löcher in der Windschutzscheibe? Da ist etwas Feines direkt an deinem Kopf vorbeigeschossen. Happy Birthday, kann man da nur sagen. Nun gut, Freunde. Das wird dauern. Vorne alles komplett neu, neue Windschutzscheibe und mal sehn, was mit dem Motor ist.
– Der lief noch perfekt, rief Mohammed fast entschuldigend.
– Ja, der lief noch perfekt, sagt Ismail. Ich bin gefahren.
– Ihr habt eh nichts zu entscheiden. Ich regele das mit Abu Taleb, erklärt der Mechaniker. Wahrscheinlich muss man die Karre einfach verschrotten.
– Dann nichts wie ab, fordert Nabil. Wir wollen alle noch die Kochkünste von Mohammeds Frau genießen. Sind ja noch ein paar Kilometer, von denen ich nicht weiß, wie ich die überstehen soll, bei meinem Hunger.
– Haut schon ab, befiehlt der Werkstattchef. Ich will euch eh nicht mehr sehen. Mitten in der Nacht mit so einer Karre anzukommen.

19. Februar 2005
02.32 Uhr
Mohammeds Haus
Bekaa-Tal

Ismail ist wenig begeistert von der Einladung zu später Stunde. Er hätte viel lieber in aller Ruhe einen Absacker getrunken. Als aber Mohammeds Frau das Essen bringt, wird Ismail klar, warum sein Partner so darauf beharrt hat. Mohammed hat ein Schaf geschlachtet und ein junges noch dazu.
– Es ist ein Jungtier, betont Mohammed augenzwin-

kernd, als seine Frau die große Fleischplatte auf den Tisch stellt, der schon voller Teller ist. Mit vielerlei Mezze, dazu Käse, Oliven und Nüsse.

– Es ist ein Milchschaf, sagt Mohammed beinahe flüsternd zu Ismail und Nabil. Also, dann greift zu im Namen Gottes!

Ich hoffe, es schmeckt euch, ruft Mohammed mit der Geste eines großzügigen Gastgebers. Auf den Abschluss einer guten Zusammenarbeit.

Sie stoßen mit kaltem Bier auf den Erfolg an. Mitten im Essen läutet Mohammeds Handy. Bevor er das Gespräch annimmt, geht er aus dem Salon.

– Na, wie läuft die Abschiedsparty?, fragt Abu Taleb. Schon zu Tränen gerührt über das anstehende Ableben der Gäste?

– Du hättest kommen sollen.

– Bei derartigen glückseligen Gelegenheiten passe ich immer, erklärt Abu Taleb. Aber reden wir nicht übers Essen. Ich wollte mich vergewissern, dass morgen alles wie geplant läuft.

– Nabil bringt Ismail und den Journalisten morgen zum Flughafen.

– Und?, fragt Abu Taleb.

– Auf der Strecke zum Flughafen.

– Gut. Alle drei, wie besprochen.

– Nabil, den brauche ich noch.

– Fängst du schon wieder an, Mohammed? Über den Journalisten machst du dir keine Gedanken, obwohl das Ärger geben kann.

– Nicht mit der Knarre im Auto, mit der die beiden Kerle in der Innenstadt erschossen wurden, erinnert ihn Mohammed.

– Ach, die hatte ich ganz vergessen.

– Siehst du, wie ich an dich denke, Abu Taleb.

– Ich sehe gar nichts. Du weißt so gut wie ich, was die Konsequenz ist, wenn Nabil am Leben bleibt.
– Du drohst mir, Abu Taleb? Nach all den Jahren? Ausgerechnet mir?
– Keine Theatralik! Meinst du, ich lasse dir den Kopf abschneiden? Hör mir gut zu, mein lieber Mohammed! Nur weil du es bist. Lass deinen Nabil halt am Leben. Ich weiß von nichts. Der Rest ist dann dein Problem. Helfen kann ich dir dann nicht mehr.
– Gut, das genügt mir schon.
– Übrigens, wenn ihr schon so gemütlich beisammensitzt, schalte mal den Fernseher ein. Wirklich schöne Sache, was der Leuchtturm so bringt.
Bevor sich Mohammed wieder zu den anderen setzt, schaltet er den Fernseher ein: Der Leuchtturm, Kanal der Hisbollah. Um diese Uhrzeit: Koranrezitationen und Bilder über die Faszination der Schöpfung. Bestäubung der Blumen durch Bienen in Superzeitlupe, sagenhafte Berglandschaften, gewaltige Flüsse und was sonst noch die unbändige Kraft des Schöpfers zeigen soll. Nach wenigen Minuten läuft ein Banner mit »Neueste Nachrichten« über den Bildschirm. Ein Sprecher erscheint, mit Dreitagebart, grauem Jackett und grauem Hemd, dessen Kragen offen steht.
– Gestern Nacht hat der zionistische Feind erneut angegriffen. In Haret Hreik explodierte am späten Abend auf einem Parkplatz vor einem belebten Café eine Autobombe, die sechs Menschen zu Märtyrern machte. Mindestens fünfzehn weitere sind zum Teil schwer verletzt worden. Der Angriff galt zweien unserer Parteimitglieder, die sofort ins Paradies eingingen. Zu den anderen unschuldigen Opfern zählte eine Familie mit zwei Kindern. Die Hintergründe des Attentats sind noch nicht geklärt. Lokale Vertreter der Hisbollah aus Haret

Hreik, die unmittelbar nach der Explosion vor Ort waren, haben Vergeltungsmaßnahmen gegen diese zionistische Aggression gefordert. Im Laufe des Tages werden wir detailliert über den hinterhältigen Anschlag berichten.
– Na, Freunde, besser geht es nicht, stellt Mohammed lachend fest und schaltet das Gerät wieder aus. So, jetzt lasst uns in aller Ruhe weiteressen.

19. Februar 2005
12.27 Uhr
Mohammeds Erholungszentrum
Bekaa-Tal

Nabil hat ein bisschen Verspätung. Ismail und Steinbacher warten schon. Auf dem Weg drückt Nabil aufs Gas, um Zeit wettzumachen. Als sie in Beirut an der Charles-Helou-Busstation vorbeifahren, sagt Steinbacher: Nach Hamra und zum Smith-Supermarkt.
– Wir warten hier auf Sie, versichert Ismail, als Steinbacher dort aussteigt.
– Nein, nein. Bei mir dauert das, erklärt dieser mit dem Arm aufs Autodach gestützt. Ich brauche bestimmt noch ein, zwei Stunden, wenn nicht länger.
– Na ja, wir können zum Essen gehen, meint Nabil. Das macht uns nichts aus.
– Sehr nett von euch, aber trotzdem kann ich nicht sagen, wann ich fertig bin.
– Nun gut, schaltet sich Ismail ein. Wir fahren und lassen dich hier.
Steinbacher reicht Ismail die Hand und bekommt einen kräftigen Händedruck, bei dem man das Gefühl hat, ihn nicht so schnell zu vergessen. Nabil winkt nur

kurz und steuert den Wagen rechts zur Corniche hinunter. Er möchte unbedingt noch tanken.

19. Februar 2005
12.35 Uhr
Gathani-Gebäude, 5. Stock, Appartement A
Beirut

Olaf sitzt im Treppenhaus vor der Wohnungstür.
– Wo bleibst du denn? Ich hole mir deinetwegen noch Hämorrhoiden auf den eiskalten Stufen. Sie umarmen sich.
– Na, mein Freund. Du bist eine Klemmschwester! Sich gleich zu verpissen, statt dazubleiben, wo du hingehörst. Ich setz dich heute Abend in den Flieger nach Madrid. Dort kümmerst du dich um deine Pflichten.
Steinbacher sieht ihn betroffen an.
– Andere Frage, hat mein Chef mitgedacht und dem doofen Olaf ein Geschenk aus dem Bekaa-Tal mitgebracht?
– Natürlich, was glaubst du denn. Er greift in die Innentasche der Jacke und reicht Olaf den Beutel, den ihm Nabil aus der Villa gebracht hat.
– Nun sperr endlich auf.
Olaf steuert mit dem Beutel sofort den Esszimmertisch an.
– Mann, das brennt aber, schimpft er angewidert und gleichzeitig voll freudiger Erwartung. Zwanzig Minuten später stehen Koffer, Reisetasche und Handgepäck mit Laptop neben der Wohnungstür.
– So lobe ich mir das, sagt Olaf. Wir haben es nicht weit. Ich habe direkt vor dem Haus einen Parkplatz gefunden.

19. Februar 2005
14.17 Uhr
In der Nähe des Golfclubs auf dem Weg zum Internationalen Flughafen Beirut

Nabil setzt den Blinker und fährt rechts von der Flughafenstraße runter.

– Hier gibt es das beste Fladenbrot, sagt er zu Ismail. Außerdem habe ich Zigaretten vergessen.

Nabil hält auf der rechten Seite der großen Bäckerei und geht los. Auf dem Parkplatz eine Reihe von Leuten, die kleine Stapel des dünnen, ofenfrischen Fladenbrots in transparenten Plastiktüten zum Auto tragen. Ismail schreibt eine SMS.

+34612498099 19. Februar 2005 14:25:36 Uhr
Bin auf dem Weg zum Flughafen. Alles OK. Kuss

Danach versucht er, Nabil auf dem Parkplatz und durch die großen Schaufenster in der Bäckerei auszumachen. Vielleicht ist er noch im Kiosk an der Ecke, in dem er Zigaretten holen wollte. Aber Nabil sitzt jetzt neben Mohammed im Auto hinter verdunkelten Scheiben. Aus sicherer Entfernung haben sie Ismail im Visier.

– Da haben wir den Burschen, sagt Mohammed zu Nabil. Adieu, Exilant. Mohammed drückt. Die Magnetbombe und der Tank, den Nabil noch extra vollgemacht hat, explodieren. Den Wagen hebt es ein wenig vom Boden ab, die Detonation reißt die rechte Seite auf. Das Fahrzeug steht in Flammen. Dicker schwarzer Rauch steigt auf. Menschen schreien, Verletzte liegen am Boden. Die großen Scheiben der Bäckerei sind geborsten. Auch die Fenster aller anderen Geschäfte.

– Na, Nabil, hätte es dir gefallen, da mit drinzusitzen?,

fragt Mohammed grinsend. Vielleicht ein bisschen zu warm, fügt er laut lachend an. Er startet den Wagen und nimmt sich ein Stück Fladenbrot, bevor er losfährt.
Kurz vor der Hauptstraße lässt sich Mohammed das Handy aus dem Handschuhfach geben.
– Und?, fragt Abu Taleb.
– Alles in Ordnung, antwortet Mohammed. Nabil sitzt neben mir.
– Was interessiert mich dein Scheiß-Nabil.
– Der Journalist ist auch davongekommen.
– Was soll das heißen, du Idiot?
– Der ist vorher ausgestiegen und wollte partout nicht mit. Sollen wir vorbeifahren?
– Ach, was! Abu Taleb ist genervt. Er ist nicht wichtig, hat eben Glück gehabt. Und nun lass mich in Ruhe!

19. Februar 2005
19.03 Uhr
Grand Hills Hotel, Konferenzzimmer II, Metn
Mount Libanon

Sezin schließt die Doppelflügeltür eigenhändig und sperrt ab. Er hebt den Arm und bittet um Ruhe.
– Meine sehr verehrten Herren, beginnt der Vorsitzende auf dem Rednerpult, hinter dem an der Wand eine Banderole mit der Aufschrift: Freie Arabische Union, mit Partner Israel (FAU-mpI) hängt.
– Wir haben nicht viel Zeit vor Beginn des Festes, das unser Gastgeber Mustafa veranstaltet, um unser Treffen relativ unkompliziert zu ermöglichen. Einige werden fragen: Warum das Risiko eines Treffens? Das Exekutivkomitee und ich finden es wichtig, gerade jetzt, nach einem historischen Ereignis, unsere Beziehung zu

festigen. Live per Video sind uns Stéphane aus Paris, Peter aus New York und Moshe aus Jerusalem zugeschaltet, die leider nicht hier sein können. Der Vorsitzende hält kurz inne, bevor er zu seiner Rede ansetzt.
– Meine Herren, es gab einige unter uns, die große Bedenken geäußert hatten. Der Erfolg hat jedoch alle Zweifel ausgeräumt. Ein Erfolg, der weitaus größer ausfiel, als wir erhofft haben. Wir haben Millionen von Menschen eine Möglichkeit gegeben, ihre Stimme zu erheben. Ihnen den Glauben an ihre Wünsche und Hoffnungen zurückgegeben.
Die Teilnehmer klopfen begeistert auf den ovalen Tisch des Konferenzsaals.
– Wir müssen gemeinsam dafür sorgen, dass das, was wir angestoßen haben, weitergeht. Wir haben ein großes Ziel vor Augen. Wir sind Realisten, keine verklärten Utopisten und Träumer! Unser Projekt wird viele Jahre dauern. Nun haben wir einen freien und unabhängigen Libanon in greifbarer Nähe. Das ist das Fundament, auf das wir bauen. Die Grundlage für unsere Union, die mit der Feindschaft zwischen Arabern und Juden Schluss macht und damit endlich die Freiheit und wirtschaftliche Prosperität garantiert, die die Region verdient.
Erneut begeisterter Applaus der Teilnehmer.
– Aber wir wollen nicht zu weit in die Zukunft schweifen. Es gibt in der Gegenwart noch viel zu tun. Die syrischen Truppen halten weiter unser Land besetzt. Wie lange noch, hängt jetzt ganz von uns ab. Meine Herren, um die erste Phase abzuschließen, bitte ich Sie, all Ihre Ressourcen zu nutzen. Wir müssen die internationale Gemeinschaft mobilisieren und den Druck auf Syrien erhöhen, damit es seine Truppen abzieht. Danach leiten wir die zweite Phase ein. Hisbollah ist unser nächstes Ziel. Ich kann Ihnen leider keine näheren Informationen

darüber geben, aber unsere israelischen Freunde arbeiten bereits daran, in Kooperation mit unseren Mitarbeitern beim libanesischen Militär und Geheimdienst. Nur so viel sei gesagt, wir sind im Bereich der Telekommunikation fieberhaft bei der Arbeit. Für uns wird die Internationale Untersuchungskommission ein entscheidendes Instrument sein. Die Opposition hat sie dieser Tage gefordert und wir werden bei der personellen Besetzung mitbestimmen.
Wieder großer Beifall.
– Ich kann Ihnen versichern, und das liegt wohl allen hier im Saal am Herzen, wir machen uns selbst nicht zur Zielscheibe. Wir heißen den Untersuchungsrichter der Vereinten Nationen willkommen! Wir halten die Zügel fest in der Hand, meine Herren! Erst heute Nachmittag habe ich die Bestätigung erhalten, alle Verbindungen zu unserem Netzwerk, zu unserer Union sind gekappt.
Der Vorsitzende trinkt einen Schluck Wasser.
– Ich möchte mich an dieser Stelle dafür herzlich bedanken. Meine Herren, zum Abschluss muss ich die Finanzen ansprechen. Die Arbeit des Komitees ist aufwendig und kostspielig. Seine Arbeit ist auf Weiteres gesichert, aber wir brauchen zusätzliche finanzielle Reserven, auf die man jederzeit unbürokratisch zugreifen kann. Bitte wenden Sie sich an Herrn Sezin. Er wird Sie betreuen. Ich bedanke mich recht herzlich, dass sie gekommen sind. Ein ganz außerordentliches Dankeschön möchte ich noch an den Mann aussprechen, der wesentlich zum Erfolg unseres Unternehmens beitrug: Ayehi Bara! Herr Bara, stehen Sie doch bitte auf.
Der Sicherheitschef der Familie Hariri erhebt sich langsam von seinem Stuhl in der hinteren Ecke des Konferenzsaals. Auch alle Anwesenden erheben sich und

applaudieren frenetisch. Als sich Bara sichtlich verlegen wieder setzt, fährt der Redner fort.

– Ehre, wem Ehre gebührt, mein Herr! Für persönliche Fragen stehe ich Ihnen gleich im Anschluss zur Verfügung. Wir haben noch Zeit für interne Diskussionen. Aber natürlich können Sie auch noch im Laufe des Festabends Fragen an mich stellen. Jetzt aber wünsche ich Ihnen schon einmal gute Unterhaltung beim Diner, das unser Gastgeber, Mustafa, generös organisiert hat. Meine Freunde, wir haben lange gewartet, aber heute gibt es endlich einen Grund zu feiern! Es lebe unsere Union! Es lebe der freie Libanon und unsere Nachbarn in Israel!

Alle Teilnehmer stehen auf und applaudieren erneut begeistert.

Bara will nicht zum Diner bleiben und gleich wieder weg.

– Sie haben recht, meint der Vorsitzende. Es ist besser, wenn man Sie hier nicht sieht. Wir wollen keine schlafenden Hunde wecken. Wie ist es gelaufen?

– Alles okay, keine Probleme, antwortet Bara. Der Untersuchungsrichter war misstrauisch. Ausgerechnet an diesem Tag und um diese Uhrzeit machen sie eine Informatikprüfung an der Amerikanischen Universität? Da kann doch nichts einzuwenden sein, wenn man sich fortbildet, Herr Untersuchungsrichter, habe ich ihm geantwortet. Das habe mir auch Hariri gesagt, als er mir für den Test den Tag freigab.

Bara und der Vorsitzende grinsen.

– Der Richter hat sich noch bei der Familie erkundigt, fährt der Sicherheitschef fort. Er sprach mit dem Sohn, dem großen Erben, der jedoch versicherte, ich sei über jeden Verdacht erhaben. Es scheint ihm gut zu passen, dass sein Vater tot ist und er das Familienimperium übernimmt. Nach den Wahlen ist er der Chef der neuen Re-

gierung. Premierminister wollte er schon immer werden. Ich denke, dann ist die Sache endgültig vom Tisch.
– Nicht zu voreilig. Machen Sie sich darauf gefasst, die Internationale Untersuchungskommission wird Sie früher oder später noch einmal überprüfen.
– Ich weiß, Herr Vorsitzender. Aber meine Geschichte entspricht der Wahrheit, und an der kann man schlecht etwas drehen. Beide lachen wieder.
– Darf ich fragen, wer bei den Israelis Ihr Führungsoffizier ist? Als Chef des militärischen Geheimdienstes kann es gut sein, dass ich ihn kenne.
– Ich stehe zwar mit den Israelis in Kontakt, aber das Projekt, für das ich arbeite, geht über regionale Dimensionen hinaus. Es ist eine internationale Spezialeinheit, die länderübergreifend in verschiedenen Konfliktzonen arbeitet. Mein Führungsoffizier, zuständig für den Libanon und Syrien, ist kein Israeli.
– Von dieser Spezialeinheit habe ich gehört, dachte aber, sie steht nicht mit uns in Verbindung. Ihre Hilfe kam daher umso mehr wie ein Geschenk des Himmels. Sind es nicht die Saudis, Katar, die USA, Großbritannien, Frankreich und natürlich auch Israel, die mit im Bunde sind?
– Ein Geheimnis ist diese Interessenallianz nicht, erwidert Bara.
– Ich komme aus einer Generation, die den Kalten Krieg kennt und eine Zeit, in der man mit Ideologien, festen Ansichten Politik machte, erklärt der Geheimdienstchef. Das hier ist eine neue Kategorie. Man betreibt gemeinsam Politik, um die Welt umzugestalten. Das nenne ich Globalisierung. Das globale Dorf, das in aller Munde ist.
– Ich würde es einfach sinnvolle Kooperation mit hoher Effizienz nennen. Gut und Böse definiert sich von Auftrag zu Auftrag neu.

– Ein simples Rezept, erwidert der Vorsitzende. Aber lassen wir das Thema. Wie laufen die Planungen für die neuen Unternehmungen?
– Wir haben die lokalen Telefongesellschaften im Visier und dort bereits einige unserer Leute lanciert. Wir haben zum Teil schon Zugriff auf die Systeme. Wir arbeiten an den Verbindungsdaten und werden ein Kommunikationsnetzwerk kreieren, das am Morgen des 14. Februar in der Innenstadt aktiv war.
– Das auf die vermeintlichen Attentäter verweist?
– Ja. Wir brauchen dann noch jemanden bei den Ermittlungsbehörden, der sie als solche identifiziert. Er muss völlig integer und glaubwürdig sein.
– Da wird sich jemand finden lassen, versichert der Vorsitzende.
– Aber wir werden auch noch Dramatik brauchen, erklärt Bara. Ohne die geht nichts. Hariri darf keine Aktenleiche werden.
– Ich hoffe, die Dramatik beinhaltet nicht allzu viele Opfer.
– Man muss sich alle Optionen offenhalten, meint Bara lapidar und blickt abrupt auf die Uhr, dann in den Konferenzsaal, der sich völlig geleert hat. Ich denke, ich sollte jetzt besser gehen und will Sie auch nicht mehr länger aufhalten.
– Um Gottes willen, nein, entgegnet ihm der Vorsitzende. Sie halten mich überhaupt nicht auf. Im Gegenteil! Für Sie habe ich immer Zeit.
Bara reicht ihm die Hand.
– Es hat mich sehr gefreut.
– Die Freude ist ganz auf meiner Seite. Und viel Glück, Herr Bara!
Der Vorsitzende blickt Bara bewundernd nach, wie er eilends durch die schwere Tür ins Treppenhaus verschwin-

det. Nun zum Diner, sagt sich der Vorsitzende. Auf dem Weg in den Festsaal läutet das Handy. Er blickt aufs Display und stöhnt kurz.

– Was gibt es, Abu Taleb?

– Ich wollte dem Chef des militärischen Geheimdienstes ein schreckliches Verbrechen melden.

– Deine Witze waren besser. Ich weiß längst Bescheid. Gute Arbeit. Ich hätte heute deine Tätigkeiten gerne in einem würdigen Rahmen erwähnt. Ich hätte dir neue Freunde, interessante Leute vorgestellt und …

– Unsere Freundschaft reicht mir, unterbricht ihn Abu Taleb. Wie du weißt, ist mir nichts heiliger als meine Privatsphäre. Politik und das Gesülze drumherum ist nichts für mich. Ich mag auch keine Partys. Ich betrinke mich lieber alleine. Wichtig ist mir im Moment nur, dass du meine Überweisung nicht vergisst.

– Keine Sorge, das Finanzielle ist geregelt.

– Siehst du, schon bin ich wunschlos glücklich.

Nachtrag

Tageszeitung *Daily Star*, Montag, 7. März 2005

Mysteriöse Leichen

Am vergangenen Samstag wurden zwei stark verweste Leichen in den Chouf-Bergen gefunden. Ein Schafhirte stieß auf die beiden Körper. Die Männer, deren Identität noch nicht geklärt ist, waren ermordet worden. Einer hatte ein Einschussloch im Kopf, der andere eines in der Brust. Nach einem ballistischen Gutachten konnte die Polizei die Tatwaffe ausfindig machen. Es soll eine Pistole Marke Glock sein, die am 19. Februar in einem Auto gefunden wurde, das nach einem Bombenanschlag in der

Nähe des Golfclubs auf dem Weg zum Internationalen Flughafen von Beirut ausgebrannt war. Die Identität der verkohlten Leiche im Wrack konnte bisher nicht festgestellt werden. Die Staatsanwaltschaft geht davon aus, dass der Tote für den Mord der jetzt in den Chouf-Bergen gefundenen beiden Männer verantwortlich ist. Umstände oder Motiv der Morde liegen im Dunkeln.

Nachwort

Es gibt kaum ein Attentat auf politische Führungsfiguren, das so unmittelbare nationale und regionale Auswirkungen provoziert hat wie die Ermordung Rafik Hariris. Nach dem Bombenanschlag am 14. Februar 2005 gingen Hunderttausende von Menschen im Libanon auf die Straße und forderten den Abzug der syrischen Truppen. Das Nachbarland, das den »Zedernstaat« beinahe dreißig Jahre besetzt gehalten und die Politik bestimmt hatte, galt für die Demonstranten als Mörder Hariris. Angesichts dieser Proteste und des Drucks der internationalen Staatengemeinschaft musste Syrien sein Militär aus dem Libanon abziehen. Die Massengegendemonstrationen, die von der schiitischen Hisbollah angeführt wurden, konnten das nicht verhindern. Sie machten nur deutlich, wie sehr die libanesische Gesellschaft und Politik gespalten war. Auf der einen Seite ein westlich orientierter Teil, der von den USA, Europa und Saudi-Arabien unterstützt wurde. Auf der anderen Seite ein antiwestlicher Block, der es mit Syrien und dem Iran hielt. Viel hat sich an dieser Konstellation bis heute nicht geändert.

Mit dem Abzug der syrischen Truppen bekam der Libanon seine ersten freien Wahlen und die erste demokratisch legitimierte Regierung, bestehend aus der von Rafik Hariris Sohn Saad Hariri angeführten »Zukunftsbewegung«.

Aber zur Ruhe kam das Land nicht. Die Bombenanschläge gingen weiter. Sprengsätze explodierten in Einkaufszentren und auf Parkplätzen. Eine Reihe von Journalisten und Politikern, die als Kritiker Syriens bekannt waren, wurden gezielt getötet. Darunter waren Samir Kassir von der Tageszeitung *An-Nahar* oder auch George Hawi, der Führer der Kommunistischen Partei. Die Anschlagsserie schien mit der Ermordung Wissam Eids im Januar 2008 beendet zu sein. Der Geheimdienstoffizier war bei der Untersuchung der Daten der lokalen Telefonfirmen auf ein Kommunikationsnetz gestoßen, das seiner Meinung nach nur von den Mördern Hariris stammen konnte. Aber Eids Tod war nicht der letzte der Mordserie, wie sich im Oktober 2012 herausstellte. Damals starb Wissam al-Hassan, der Geheimdienstchef der Polizei, durch eine Autobombe. Er war Hariris Sicherheitschef gewesen und hätte eigentlich mit ihm sterben müssen. Aber statt am Valentinstag 2005 seinen Boss zu begleiten, soll er in einer Informatikprüfung gesessen haben. Das Untersuchungstribunal STL, das nach einer Resolution des Sicherheitsrats der Vereinten Nationen im Fall Hariri ermittelt, bemängelte al-Hassans Alibi. Es sollte noch einmal umfassend geprüft werden, was aber nicht geschah.

Der erste Bericht des STL vom Oktober 2005 hatte maßgeblich dazu beigetragen, dass Syrien als Urheber des Hariri-Anschlags verdächtigt wurde. Der erste Ermittler, der Deutsche Detlev Mehlis, verstieg sich mit ungeheurer Verve auf diese These. Keine andere Täterschaft wurde als Möglichkeit in Betracht gezogen. Das Tribunal verließ sich auf Zeugen, die sich im Nachhinein als völlig unzuverlässig herausstellten. Vier libanesische Generäle saßen wegen dieser falschen Zeugen vier Jahre in Untersuchungshaft und mussten schließlich aufgrund fehlender Beweise wieder freigelassen werden. Einer von ihnen, Jamil As-Sayyed, reichte im Dezember 2009 eine Klage in

Damaskus ein. Das syrische Gericht erließ daraufhin insgesamt 33 Haftbefehle gegen libanesische Richter, Staatsanwälte, Offiziere und Journalisten, die an der Fabrizierung der falschen Zeugen beteiligt gewesen sein sollen. Darunter waren auch Detlev Mehlis und sein Assistent Gerhard Lehmann sowie die »Zeugen« Ibrahim Michel Jarjoura, Akram Shakib Murad, Mohammed Zuheir Siddiq und Abdul Baset Bani Audeh.

Die These von der Täterschaft Syriens kam ins Wanken. Mittlerweile hat selbst Saad Hariri zugegeben, dass es ein Fehler gewesen sei, Syrien für den Mord verantwortlich zu machen.

Heute verdächtigt das STL fünf Männer als Täter, die Mitglieder der Hisbollah sein sollen: Hassan Merhi, Mustafa Badreddine, Hussein Oneissi, Assad Sabra und Salim Ayyash werden mit Haftbefehl gesucht, konnten aber bisher nicht verhaftet werden. Basis der Anklage sind Recherchen von Wissam Eid, dem 2008 getöteten libanesischen Geheimdienstoffizier. Er soll bewiesen haben, dass die Mobiltelefone, die am Tag des Anschlages rund um den Tatort benutzt wurden, eine Verbindung in das Telefonnetz der Hisbollah hatten. Die Partei Gottes leugnet vehement jede Beteiligung. Hisbollah-Generalsekretär Hassan Nasrallah behauptet, dass seine Organisation nach der Entlastung Syriens nur als nächster Sündenbock herhalten müsse. Nasrallah versuchte, die Glaubwürdigkeit des UN-Tribunals öffentlich infrage zu stellen. In einer Pressekonferenz präsentierte der Hisbollah-Chef Videomaterial und Zeugenaussagen, die Israel und seinen Geheimdienst als Täter nahelegen. Die Videoaufnahmen stammten von einer israelischen Drohne, die in Beirut über dem Tatort und entlang der Fahrroute Hariris unterwegs gewesen sein soll. Der Sicherheitsdienst der Hisbollah will den Übertragungscode geknackt haben. Außerdem präsentierte Nasrallah Unterlagen zu israelischen Spionen, die im Libanon verhaftet worden waren. Sie hatten in verschiedenen nationalen Telefongesellschaften gearbeitet. Man habe bei ihnen technisches Equipment gefunden, mit dem sie Daten an den »Feind Israel« weitergegeben haben sollen. Die eingeschleusten Spione sollen Zugang zu gespeicherten Gesprächsdaten gehabt haben und die Möglichkeit, Telefoneinträge zu manipulieren.

Selbst wenn die fünf der Hisbollah angehörigen gesuchten Tatverdächtigen verhaftet werden sollten, steht zu bezweifeln, dass das Attentat auf Hariri je vollständig aufgeklärt wird. Ganz zu schweigen von den vielen Anschlägen, die in den Folgejahren verübt wurden. Die Telefondaten mit den Nummern, die miteinander am Tag der Tat kommunizierten, sind nur Indizien, keine harten Beweise. Und ohne stichhaltige Fakten blühen Verschwörungstheorien, die im Libanon und dem Rest der Region eine Art Volkssport sind. Seit dem libanesischen Bürgerkrieg sagt die Erfahrung: Nichts muss so sein, wie es scheint. Damals gab es immer wieder verdeckte Operationen, bei denen Regierungen, Geheimdienste und Milizen keinerlei Rücksicht auf Menschenleben nahmen – man hatte nur das politische Spiel im Auge und setzte auf Machtinteressen. Die Standardfrage, die heute im Zusammenhang mit politischen Anschlägen gestellt wird, um Rückschlüsse auf die Täter zu machen, lautet: Wer hat am meisten profitiert?

Nach der Ermordung Hariris stellte die prowestliche Opposition die neue Regierung. Die USA und Europa hatten damit seit Jahrzehnten erstmals eine ihnen wohlgesonnene Regierung im Libanon. Für Israel war das ebenfalls ein positiver Faktor – das zweite Bedrohungsszenario für den jüdischen Staat, das wegfiel, nach dem

Abzug der syrischen Armee. Wer benachteiligt wurde, ist mehr als offenkundig.

»Nein, nein, es war nicht Israel«, hatte mir der Journalist Samir Kassir wenige Tage, bevor er im Juni 2005 durch eine Bombe in seinem Wagen ums Leben kam, noch beteuert. Es seien die Syrer und möglicherweise auch die Hisbollah gewesen, die Hariri umgebracht hätten. »Beide haben sich nur völlig verschätzt, was die politischen Konsequenzen betrifft«, hatte er lachend angefügt. »Das Regime in Damaskus ist bekannt dafür, nicht ganz clever zu sein!«